JN100665

本当に欲しかったものは、もう

Twitter文学アンソロジー

目次

装　丁　大野真梨子（k22 design）
イラスト　EMU

外山薫

@kaoruroman

（とやま・かおる）

1985年生まれ。慶應義塾大学卒業。2023年、タワーマンションに暮らす3家族を描いた『息が詰まるようなこの場所で』で小説家デビュー。

ルンバは戦友だった

ルンバが死んだ。老衰した犬の様にヨロヨロ動く円盤はガタンという異音と共に事切れ、ボタンを押しても、電池を入れ直しても何も反応しなくなった。我が子の誕生とともに家にやってきた掃除ロボットの最期はあまりにあっけなく、未だに私は現実を受け入れられずにいる。

10年前の機種だけあって、手のかかる子だった。少しの段差で動かなくなるし、ホームベースを見失ってリビングの真ん中で固まっているのを運んだ回数は数えきれない。電池も何度も交換したし、持ち手の部分は経年劣化で折れた。それでも、壁にぶつかりながらも懸命にゴミを吸う姿は、少なからず胸を打つものがあった。

「もう古かったし、新しいの買えばいいじゃん」と小4の娘。あなたがまだハイハイしていた頃、ルンバが動き出すたびに音が怖いと号泣していたことは記憶にないのだろう。まだスプーンもフォークもうまく使えなかった頃、あなたが食べ散らかしてカピカピになった米粒の残骸を吸い込んでいたのは誰だと思っているんだろう。

ルンバは戦友だった。家事を一切手伝わない夫に代わって、ザラザラした床を綺麗にしてくれる頼もしい存在。毎朝、子供たちを学校に送り出して会社に行く前、床の上に散らばった服や本を慌ただしくソファに乗せ、ルンバのスイッチを押す瞬間。この世界で唯一、自分の仕事を誰かに託せる存在だった。

もう二度と動くことのないルンバを見ながら、ぼんやり考える。冬のボーナスで新しい機種を買って、やっぱり最新のやつは便利だねと喜んで、目の前で朽ちたルンバのことは忘れてしまうのだろうか。将来、ＡＩを搭載したロボットが普及すれば、粗大ゴミのシールを貼るたびにこんな想いをするのだろうか。

成人式

「お世話になった先生たちの登場です！」。祝辞という名を借りた説教に飽きていた私たちが、ようやく主役に戻る瞬間。大盛りあがりの会場の中、私たち二中卒業生の一角だけ、お通夜状態だった。中島先生。生活指導として生徒に嫌われていたその人は、恩師代表としてぎこちない笑顔で壇上に立っていた。

式典の後、振袖とスーツが溢れる市民ホールの中庭。誰一人として、中島先生に話しかける人間はいなかった。皆が期待していたのは熱血指導で学年を率いた大塚先生であり、合唱コンクールで生徒と一緒に泣いた田中先生だった。眉が細いだのスカートが短いだのと高圧的に叱る教師は、お呼びでなかった。

「なんで中島なんか呼んだんだよ」と陰口を叩かれていることも知らず、キョロキョロする中島先生。ひょっとして、かつての教え子たちに感謝されるイベントでも期待してたんだろうか。ジャージ姿しか記憶にない初老の男性の、サイズの合ってないスーツ姿。若さが満ちた会場で、悲しいくらい浮いていた。

皆が写真を撮って歓談している間、誰からも話しかけられることなく、それでも成人式の会場から立ち去ることなくずっと下を向いていた中島先生。生徒と心を通わせる努力をせず、カビの生えた校則を押し付けた結果、感謝されることも慕われることもない教師人生。威圧的で大きかった背中は小さく見えた。

駐車場の方では、袴姿のヤンチャな連中が軽トラで持ち込んだ樽酒を飲んでいた。警備員の制止を無視して騒ぐ彼らを、中島先生は何も言わずじっと見つめていた。つい5年前、彼らの髪の毛を引っ張って言うことを聞かせていたことなど忘れたかのような表情で。我々の好奇の視線に、気づかないふりをして。

成人式のニュースを見るたび、あの時の中島先生のことを思い出す。あの人は、一体何を伝えようとして顔を出したのだろうか。あの空間で、何を思ったんだろうか。昔の恋人やかつての部活の仲間たちとの会話の記憶は薄れる一方だが、あの寂しそうな背中だけは、年を追うごとにむしろ鮮明になっている。

新庄耕

@shinjo_kou

（しんじょう・こう）

1983年生まれ。慶應義塾大学環境情報学部卒業。2012年『狭小邸宅』で第36回すばる文学賞を受賞しデビュー。著書に『ニューカルマ』『地面師たち』『夏が破れる』などがある。

不動産営業の過酷な業務を生々しく描いた『狭小邸宅』は、Twitterで凄まじい反響を呼び、作中の名セリフをツイートするBOTも登場。麻布競馬場や窓際三等兵に与えた影響も大きく、新庄耕の作品はTwitter文学の源流の一つと言える。

今回の作品は、著者の実体験を基にした「私小説」である。

喉元まで出かかったその言葉は

臨海地帯の殺風景な建屋の一室に、男たちが集められていた。暖房はついておらず、コンクリートの壁から二月の寒気が染み入ってくる。誰一人アウターを脱がず、パイプ椅子に座ったきり一言も発しない。私もまた羽の飛び出したダウンを着たまま、深夜手当込み時給千五百円の短期バイトの面接を待っていた。

運送会社の社員が入室してくると、衆人環視の中、流れ作業のような面接がはじまった。私の正面に座る、三十代半ばの男の番がまわってきて、皺だらけの履歴書を社員にわたしている。何日も風呂に入っていないのかもしれない。悪臭がする。伸びた髪は脂で妙な癖がつき、スキーウェア風の赤い服はボロ布同然だった。

「力仕事には自信がありますッ」。社員の質問に答える男の切実な叫び声が、静まり返った室内に繰り返しひびく。むせ返るような男の悪臭をこらえながら、必死に自分をたもとうとしていた。俺はお前らと違う。そう無理にでも思い込まなければ、この場をやり過ごせそうになかった。

心身を失調した私が、十八時から翌朝五時までおよぶ仕分け作業に応募したのは、他でもない金のためだった。一年前に六本木で引っかけた女が住む沖縄への旅費と、そこで居候する小遣いが必要だった。復調のきっかけをつかむべく、冬でも過ごしやすい南国に一刻も早く飛び立ちたい私にとって、日払いの仕事は魅力的に映った。が、間違いだったかもしれない。

「お前はどうしたいの?」。いつのまにか例の言葉が耳奥によみがえっていた。私は眉間に皺が寄っているのを意識しつつ、封筒から履歴書を取り出した。昭和五十八年生まれの満二十七歳。資格は普通自動車運転免許と普通自動二輪免許の二つのみで、住所は実家の川崎市。数ヶ月の家賃滞納で六本木駅徒歩五分のアパートを追い出され、転居届を出したばかりだった。

氏名の横に貼った写真は、数百円の写真代が惜しく、引き出しに眠っていた学生時代のものだった。試用期間中に教務と喧嘩して辞めた塾講師の面接で使った余りだろう。ローンで買った百四十万円のかつらで若禿げを隠し、大学生活を謳歌する年少の同窓に劣等感をいだいていた目には暗い敵意がにじんでいる。

経歴の欄に目をうつす。偏差値五十の県立高校を出たのち、二年の浪人を経て大学に入った。卒業後、丸の内にオフィスがある大企業に入社したが、一年あまりで退社。十六歳で少年院に送致されたことや、マンションオフィスに住み込みで手伝っていたアダルト動画の広告代理店を飛んだことは書かなかった。

マジックマッシュルームを食って渋谷のクラブで踊り狂っていた自暴自棄の生活を断ち、うつ病を代償に手に入れた〝慶應義塾大学環境情報学部卒業〟という学歴に目をうつし、ついで、欠陥だらけの無能な自分を粉飾して運よく潜り込んだ〝株式会社リクルートHRグループ新卒採用開発部第4グループ〟という職歴を凝視した。

初任給は額面で三十万円を超え、一年目の年収は賞与や残業代ふくめ五百万円に迫っていた記憶がある。いまごろ優秀な同期なら八百万円近くもらっているにちがいない。私のあとに退職した同期も、政治家、公務員、研究所職員、通訳、国連職員、海外大学院と順調に第二の人生を歩んでいるらしかった。

高給をもらい、汚れた人生をせっかくロンダリングできたはずなのに、どうして辞めてしまったんだろう。伊勢丹であつらえた靴とスーツをまとい、東京駅直結の三十七階のオフィスでファッション雑誌のモデルのようなアシスタントに囲まれていたのに、どうしてホームレス同然の連中と肉体労働を奪いあっているんだろう。

リクルート社のインターンシップに応募したのは、いまはテレビ局で記者をしている先輩の勧めだった。在学中は、かつらのローンの支払いとマスコミ研究目的で新聞社やテレビ局のアルバイトをしていたが、激務で理不尽な怒号が飛び交う職場に怖気づき、当初あったジャーナリズム熱はすっかり醒めていた。

インターンシップでは、結婚、出産、育児、教育、就職、住宅、飲食、美容、旅行、自動車などライフステージにあわせてサービスを展開するリクルート社に足りないのは「恋愛」だとぶち上げ、新機軸の出会い系サイト事業を提案した。ハッタリが効いたのか、ほとんど面接もないまま新卒採用の内定が決まった。

なんら根拠もなく自分のことを特別だと勘違いしていたため、内定通知をうけても喜びは薄かった気がする。三万を超す応募者の中から、三百数十名の一人に選ばれたことを私はむしろ当然と思っていた。サラリーマン家庭で育ちながらサラリーマンを馬鹿にしていたから、リクルート社にいくつもりもなかった。

それでもリクルート社へ舵を切ったのは、畢竟、他に進むべき道がなかったからに過ぎない。大学の同期と取り組んでいたベンチャー企業の真似事も形にならなかったし、見栄のために受けた航空会社のパイロット試験も途中で降りた挙げ句、地頭の良さが試される外資系企業もことごとく落とされていた。

入ってやる。そんな舐めきった認識でリクルート社員となった私は、いたずらに陽気で仲間意識の強い同期の空気になじめず、内定式でも入社式でも完全に浮いた存在だった。話しかけられない限り誰とも話さず、話しかけられても、俺はお前らと違うんだよ、という本音を隠しながら言葉少なに応じていた。

自分の人生をどうするか明確な青写真をもてないでいた私は、入社式をむかえても腰掛けのつもりだった。余力を残しつつ、適当にやる。社内出世は積極的に望まず、リクルート社の看板を大いに利用しながら絶えず社外のチャンスをうかがう。それがリクルート社員としての私の内なる方針だった。

が、そんな世の中をみくびった考えは、入社後の新人研修で早くも揺らぎはじめる。マナー講師は横浜少年鑑別所の鬼教官さながら厳しく、歯列を見せて名刺交換の練習をしているだけで怒声が飛んでくる。にこやかなMくんなどは、報連相を怠ったとかで哀れなほど叱責をくらい、始末書まで書かされていた。

配属先の研修がはじまると、雲行きはますます怪しくなっていった。若き美人R課長はバイタリティの塊だった。口癖は「お前はどうしたいの？」。屈託なく笑ったかと思えば、ふいに般若（はんにゃ）の顔つきになり、寝てんじゃねえよ、と隣で睡魔と格闘するGを本気でぶったたく。メンバー全員に強烈なコミットメントを求め、手抜きは許されなかった。

しだいにR課長の重圧に息苦しさをおぼえ、せめて体裁を整えて心の安寧をたもとうとしたが、マジックマッシュルームと深酒でぶよぶよになった頭では、興味もない研修内容をおぼえられない。開成・東大出のSが涼しい顔で満点を叩き出す理解度テストでは常に下位をうろつき、「特別」な私の胸底に焦りがつのっていった。

研修の締め括りは、名刺獲得キャンペーンだった。部署の同期数十名で、割り当てられたエリアのオフィスに飛び込み、そこで交換した名刺の数を競う。営業計画の策定と、自ら定めた目標数字に対するコミットメントの植え付けが目的らしかったが、私には地域の迷惑行為としか思えず、苦痛だった。

キャンペーン初日、支給されたリポビタンDの一気飲みと掛け声で私たちは一斉にオフィスを飛び出した。大井町駅担当の私は、繁華街という地の利を生かして、どうにか目標枚数に達したが、隣町だった同じチームのSは届かず、お前やる気あんのかよ、とR課長の激詰めを喰らって青ざめていた。

獲得した名刺は一日数回集計され、全員の順位と目標達成率が逐一知らされていた。私には、R課長の叱責をまぬがれるだけの結果が残せれば順位などどうでもよかったが、周囲はそうではなかった。中にはランニングシューズを履いてくる猛者（もさ）もあらわれ、さすがにここまでは付き合えないと思ってしまった。

誰がはじめたのか知らないが、手垢のついた名刺獲得キャンペーンは、社内の他部署だけでなく、その時期、他社の新人研修でも積極的に実施されていた。二日目になると、挨拶と称してオフィスを訪れてもすでに誰かが荒したあとで、露骨に嫌な顔をされたり害虫同然に追い払われたりするようになった。

最終日、飛び込み先が尽き、数字のために住宅街のクリーニング店などを回っていたが、それも馬鹿らしくなった。携帯に届く同期の成果や順位になにも思わなくなり、気づけば公園のベンチにいた。なにやってんだろな――際限なく降りかかってくる激しい後悔をいなしつつ、桜の散る運河を日暮れまで眺めていた。

……悪臭をはなつ男の面接が終わった。次は五十代の小柄な男で、社員と対峙しても組んだ腕をほどかない。運動経験を訊く社員を無視し、大企業での職務遍歴を声高に披露している。次の仕事までの繋ぎで渋々ここに来たと述べる男の話を聞きながら、私は自分を見ているような気恥ずかしさをおぼえていた。

研修時点で辞める道もあった。踏みとどまったのは、かつらの残債や期待をかけてくれた人事担当者への疚しさだけではなかった。ここは俺のいる場所じゃないと思う一方、リクルート社の名刺や社員証、皇居を見下ろす真新しいオフィスに自席を与えられるなど、肥大した自尊心が次第に満たされ、奇妙な安寧を感じていた。

私の所属先である新卒採用開発部4Gのミッションは、新卒採用に特化した求人広告営業の新規開拓で、R課長以下、主任二名、アシスタント四名、同期二十四名の構成だった。入社前にかつらを脱ぎ捨てていた風貌のせいか、醒めた態度が老成と映ったのか、私のあだ名はグループマネージャーの頭文字をとって「ジーエム」。

鼻持ちならないと映った同期は、話してみれば素直なものばかりで、すぐに軽口をたたく仲になった。肝心の仕事も、営業先は都心の大企業から郊外の中小企業まで幅広く、業種も多種多様で刺激的だった。営業に出れば一人の時間を持て、電車に乗って見知らぬ街をおとずれるのも小旅行のようで楽しかった。

もともと周囲に流されやすい私は、自覚もないまま、いつしかR課長の情熱に浮かされるようにグループの色と会社の文化に染まっていった。皆と同じTシャツを着て、グループのテーマソングだったGReeeeNの「キセキ」を歌い、競合から顧客を奪還すべく奔走した。残業も休日出勤もいとわなかった。

すっかり会社の一兵卒となってしまった私は、4Gの同期とつるみ、公私の境目も曖昧になっていた。終業後は酒好きのSと私の自宅で愚痴を肴に酒を呑み、そのまま出社することもあった。週末にはNやGと、Gがセキュリティスタッフをしていた六本木のクラブや西麻布のバーで火酒をあおり、女に声をかけ、朝まで踊り通した。

数字以外のことに異様に執着し、見込みのない顧客も気が合えば時間を割いてしまう私は、営業員として三流だった。惨めな成績に「特別」な自分が傷つきつつも、一定の充実感に包まれていた。R課長とグループが巻き起こす熱狂の渦に身をひたし、頭が空になるまで走らされる疲労感は妙に清々しかった。

リーマンショックが起きたのは、グループの四半期目標を「キセキ」で達成し、リクルートの社員も悪くないな、などと不遜な考えが芽生えかけたときだった。商品の性格上ただでさえ閑散期なのに、急激な景気の冷え込みでまったく売れなくなったどころか、ノルマのアポさえ取れなくなってしまった。

受注顧客のフォロー以外、一日中電話をかける日々だった。前に断られたリストにかけ直し、それも断られると、手あたり次第会社を探して電話をかける。受注と無縁そうな客層にひろげてみても、アポが取れない。賑やかだったフロアには重苦しい空気がたれこめ、R課長の怒号だけが常にひびいていた。

個人の業績や商品に関心がない私にとって、顔の見えない未知の相手を説得するのは苦痛だった。営業は確率だと教えられても、人一倍自尊心が高く、自意識も過剰なために、少し断られただけで自分が否定されたと感じ、激しく逆上してしまう。心の動揺を周囲に悟られないよう取り繕うのに骨が折れた。

しょせんアポが取れないのは景気や商品のせいなのだ。そう嘯（うそぶ）きたくとも、信念をもって入社した政治家志望のSや、頭脳明断で弁も立つKなどは受注をあげていたから、自分の無能を認めざるをえなかった。電話越しに拒否されつづけ、いよいよ徒労感が臨界点に達すると、ずぼらな私の地金が現れはじめた。

最初は顧客先からの帰路に本屋やカフェに立ち寄る程度だった。それが習慣化されると、行動は大胆になり、空アポを入れて六本木のアパートに戻るようになった。スーツを脱ぎ捨て、安ワインで汚れたソファベッドに寝転ぶ。放心したようにのばした視線の先は、六本木のビル群を切り取った灰色の窓。なにが見えていたのだろう。

私の怠慢に周囲が気づかぬはずもなく、まぐれで取れた温泉地のアポから帰った際などは、「ジーエム、温泉行ったっしょ」と同期や上司に詰められるようになった。「箱根まで行って温泉入んねえ奴なんかいんのか。露天風呂行ってきたに決まってんだろ」という暴言をかろうじて飲み込み、破滅からまぬがれていた。

周囲に攻撃される程度なら訳はなかった。心を閉ざすか、道化を演じるか、ひたすら耐え忍ぶかすればいい。同級生による冷笑まじりのシカトも、地元の反社による理不尽な言いがかりも、少年院の教官による体罰同然のしごきも、退院後に高校教師からうけた私刑じみた嫌がらせも、そうやって凌いできた。

が、「お前はどうしたいの？」というR課長の口癖だけは聞き流せなかった。心にさざ波が立つ。R課長からすれば、燻（くすぶ）ってる者へ自発的な奮起を促す親身な発問だったのかもしれない。入社の目的がなんにせよ、ここで力を尽くさなければ次に繫がらない。なら、いまは愚直にやるしかねえんじゃねえの、と。

なんとなく入社してきた腰掛けの私にとって、頭ごなしにどやされる方がはるかに意欲的になれた。なぜならそれは、どこまでも自分以外の誰かのためだから。余計なことを考えなくて済むし、最後は責任を負わなくていい。ところが「お前はどうしたいの？」と真正面から突きつけられると、もう駄目だった。

俺はどうしたいんだろう。この一度きりの人生を、誰のものでもないはずの自分の人生をどうしたいんだろう。見栄や外聞や過去の負い目を削ぎ落とした自分は、どんな人生を望むのだろう。わからなかった。「特別」ではないらしい自分という人間が到達可能な地平など、どこにもないように思えた。

私は、すがるような思いで活字の世界に逃避した。文庫をひらけば、銀行への就職を果たしながら雨を理由に入社初日に辞表を出した、沢木耕太郎の気概に打ちのめされ、長く不遇に甘んじていた吉村昭の〝俺はこのままでは終わらない〟といった記述に見る、なおも文学に拘泥する執念に嫉妬をおぼえた。

日経新聞をひろげても、経済ニュースは素通りし、文化欄ばかり読み入ってしまう。シベリア抑留者である香月泰男「青の太陽」の絵画に胸を衝かれ、〝ここではない場所へ、どうにかして逃れたい〟〝蟻の穴の底でひっそり息をつきたい〟といった蜂飼耳の評言に導かれるように、作者の心境に自身を重ね合わせたりしていた。

どれだけ活字の世界を渉猟しても、「お前はどうしたいの?」という問いへの答えは見つからなかった。うんざりして頭の外に追いやっても、またすぐに蘇ってくる。

問いはいつか自分の声となって耳朶にひびき、消失するどころか、むしろ時間の経過とともに私の内部で大きく反響するようになっていった。

二年目をむかえ、新規開拓から既存顧客の営業となっても、状況はひどくなる一方だった。顧客のメディア対応で同行した女性の先輩から、「あんたさ。仕事、面白い？」などと軽々しく詰められてしまう。「面白いわけねえだろ、馬鹿野郎」という面罵を飲み込んで、仏頂面を決め込むことしかできなかった。

次年度の提案に勤しむ同期の横で、私は鬱屈していた。同じ空間にいること自体が耐えがたかった。一刻も早く消えてしまいたかったが、あの問いに答えられない以上、どこへ進んでもまた同じ状況に陥るにちがいなかった。それでも、周囲から無能の給料泥棒と見なされるのを恐れ、自ら退場する判断を下した。

R課長との面談には不退転の覚悟でのぞんだ。向後をどうするか定まっていない状態で辞職の意を告げても、論破されるのはあきらかで、結句、子供でもつかないような大嘘をついて乗り切った。汚れた過去を聞こえのいい経歴で糊塗し、無能を有能と装ってきた自分にはふさわしい、無礼極まりない最後だった。

私の怠慢に迷惑していた同期は、そんな素振りも見せず笑顔で送り出してくれた。客先に挨拶をすると、ふだん物静かな鉄鋼会社のS課長が別人のように「新庄さん、早まるな。考え直した方がいい。絶対に辞めちゃダメだ」と厳しい声を受話口越しにひびかせた。胸にこみ上げてくるものをこらえ、私は電話を切った。

……いつしか面接は私の隣まで来ていた。正体不明の危機感に襲われていた私は、きつく目をつむり、念仏さながら口中で必死に懺悔をつぶやいていた。「R課長、重病の親友を助けるって話、あれ嘘です。そんな奴いません。すみませんでしたッ。4Gのみんな、親切にしてくれたのに裏切ってすみませんでしたッ。すみませんでしたッ、すみ――」

妙に静かだった。額に脂汗を流しながらふと目を開けると、そう年の変わらない運送会社の社員が正面のパイプ椅子に座ってこちらを見ている。慌てて履歴書をわたす。社員は節ばった手でぞんざいに履歴書をひろげると、面倒臭そうに経歴を一瞥してから、「この仕事かなりきついけど、できる？」と路上のゴミを見るような目でたずねてきた。

「なんだ、その目。舐めてんじゃねえぞ、馬鹿野郎。お前どうせ高卒だろ？　お前なんかとちがって俺は慶應出て、リクルートでお前みたいなの顎で使ってたんだよ。ここでサクッと稼いだらな、沖縄行ってCAの姉ちゃんとワイン呑んでヤりまくって、小説書いて芥川賞獲るんだよ。わかったかっ」

という啖呵を既のところで飲み込むと、私は姿勢を正し、「はい、あの、その点は大丈夫かと思います。ずっとサッカーやってましたし、ふだんも走っているので体力には自信があります。引っ越しのバイトもしてました」と、胸内の焦燥を押し隠しながら卑屈な笑顔をこしらえていた。

かとうゆうか

@plasticat_y

（かとうゆうか）

1993年生まれ。マーダーミステリー作家。シナリオを担当したマーダーミステリーに「償いのベストセラー」「無秩序あるいは冒涜的な嵐」「マダミス666ポケットの宝物」などがある。

【ご報告】

拝啓　結婚式にご参列くださった皆様へ。

お元気ですか。2年前は6月だというのに30℃を超える蒸し暑さの中、結婚式へお越しいただき誠にありがとうございました。自然豊かで広大なガーデンパーティでの私たちは美しい緑と花に囲まれ、皆様に撮っていただいた写真はどれも映えるものばかりでした。

「岡本の式は料理をケチってた」とか「江原の式のギフト要らんかった」とか事前に皆様が情報を下さったおかげで、予定していた予算の2倍をかけて式を挙げる運びとなりました。今となっては阿呆らしいと思うのですが、私は東京で華やかに生きている自分の姿を見せつけるのに必死でした。

スポットライトを浴びるメーカー勤務の彼とアパレル企業のマーケティング担当の

私は、式の間中晒し者になったような気持ちでいっぱいでした。貸衣装が一着40万円もするのでお色直しはしたくないと言ったのに、義母に「そんなの恥ずかしい、私は3回もした」というようなことを遠回しに言われて一度だけお色直しをしました。

義母は衣装代を包んでくれるわけではなく、会場に披露宴代の全てを支払うことができたのはお恥ずかしながら式の直後で、皆様の用意して下さったご祝儀袋を破きながら支払いに回させていただきました。ご祝儀といえば夫の会社の代表取締役の柿沼社長からのご祝儀が3万円で、私は大変度肝を抜かれました。

柿沼社長と夫の父が同級生ということもあり親しい間柄で、会社に尽くしてきたと伺っておりましたから。新郎がいなければ会社は回らないとスピーチで仰っていたのに、あれは空耳だったのでしょうか。更に驚くべきことに、夫の女友達の聡美さんのご祝儀袋には5千円札が2枚入っていただけでした。

料理代の半分にも満たない金額です。ものすごく非常識な方なので夫には付き合いを控えるように進言したのですがそれがきっかけでケンカをしました。あれは聡美さんが私と夫の結婚を快く思っていない意思表示だったのですね。聡美さんと夫との不倫が発覚したとき、全ての辻褄が合いました。

私の実家は貧乏でも裕福でもありませんがご祝儀には１００万円を包んでくれました。妹は学生の頃から両親にクレージュの財布を買ってもらったりしていましたが、私は共働きの両親に遠慮をして物をねだったことはありませんでした。両親はそんな私を歯痒く思い、この日のために貯金をしていたそうです。

義実家からのご祝儀は８万円でした。単なる価値観の相違ですが、両親が知ったら何と言うかを想像してゾッとしました。ご祝儀袋を全て破けば全額払い切れると思っていた式代は足りず、走ってコンビニのＡＴＭに駆け込み20万円おろしました。私がつい先ほどまでウェディングドレスを着ていたとは誰も思わなかったでしょうね。

あの惨めな結婚式から2年が経ち、私たちは離婚することにしました。聡美さんと夫の不倫の慰謝料は４００万円。彼が大した資産を持っていなくて残念です。離婚するまでに別居を挟んだことで婚姻費用を月2万円×14ヶ月は引っ張るという嫌がらせはできたのでまぁ良しとします。私はもうすぐ27歳になります。

　幸いやり直しのきく年齢ですし、結婚は人生のゴールでもロマンチックなものでもなく、生活の営みが続くだけだと知れたことは価値の高い経験となりました。皆様ご存じのとおり私の勤めるブランドはインスタで芸能人に着用してもらうというＰＲに力を入れたら大きくバズり、エリアマネージャーを任されることになりました。

　学歴はコンプレックスでしたが地道に仕事を続けてきたこと、コミュ力が高く顔が良くフォロワーが多いことは非常に強い武器だったようです。東カレアプリではたくさんの赤いバラをいただきました。次は経済力重視でお相手を探すつもりです。

　今日は2年前の結婚式のようにお天気が良くて絶好の離婚日和です。それでは夫の関係者の皆様、明日にはアカウントをブロックさせていただきますことを何卒ご容赦ください。今まで大変お世話になりました。皆様のますますのご活躍を、心よりお祈り申し上げます。

敬具

阿部詩織

必見！ ギャラ飲みで毎月１００万円簡単に稼ぐ方法♪

あ、おつー。急に来てくれてありがとね。てかギャラ1人3万らしいんだけど大丈夫そ？　いや2時間じゃなくて3時間だって。幹事が抜いてるっしょ。私もさっき聞いてさー、まじケチだよね。てかもうテーブルに１８００のボトル置いてあるんだけど（笑）このボトルが空くタイミングでチップとタク代別で煽るわ（笑）メンズはまだ来てなーい。経営者系じゃない？　知らんけど。

てかまた帰りタクシー相乗りしない？　えっ引っ越したの？　池尻大橋？　遠っ（笑）渋谷の方だっけ（笑）でも家賃安そうでいいね（笑）てか今日ヤンジャン載ってた女の子も遅れて来るらしいんだけどさ、いや最近じゃなくて結構前の。名前全然知らなかったし。何だっけ覚えてない、酒で脳みそ溶けたわ（笑）

先週もその子いてさ、「私はそっち側じゃないんで」みたいな顔して座ってるだけで喋んないし飲まないし歌わないし、ラウンジの待機かよって思ってマイクで「呼んだ奴誰ー?」って言っちゃって今日会うのめっちゃ気まずいんだけど（笑）その子の事務所の社長知り合いで飲みいるのチクっちゃったし（笑）

あと来週誕生日なんだけどそれ話題に出してくんない？　去年酔っ払って時計くれたメンズいて今年もラッキー狙いたい（笑）え、プレゼントとかいいって！　でもお言葉に甘えてほしい物リスト送っとくね！　やっぱ持つべきものは気の利く友達だわ♡　え、今年で29歳だけど内緒ね、26歳ってことにしてるから（笑）

時給15000円はそろそろ限界だよね（笑）いや需要あるうちは頑張るけど2002年生まれと同じ土俵に立って自虐しながら飲むのしんどいよね（笑）てか何歳だっけ？　え、見えなすぎてこわ！　じゃ歳聞かれたら26歳の設定で（笑）余裕っしょ、安達祐実とかも見た目若いしロリ顔羨ま、あっこんばんわー♡　マナでーす♡

こうして今日も一仕事終え3時間でチップ含む50000円を稼ぎ1400円のタクシー代を支払いローソンで864円のヘパリーゼWを買って三田のマンションに帰

宅した。大いに肝臓を酷使した甲斐あって普段と同じ額の稼ぎになった。万札を口移しで受け取っていたら他の女子もチップを貰いやすい雰囲気になり、女子への貢献度は高いと自負している。

玄関を開けると既に足音で帰宅に気付いていたトイプードルのココアが尻尾を振って待ち構えており、ただいまと呟くと声が枯れていた。頬ずりしておやつをあげたい気持ちは心底あったが今は表情筋一つ動かすのも億劫だ。足元でくるくる回り全身で喜びを表現するココアを撫でずに部屋着に着替えた。

人数が足りなくて急遽呼んだ女にもメンズにも愛嬌を振り撒き楽しくもないのに大声で手を叩きながら笑い、好きでもないのにApple Musicの「トップ25東京」に入ってるからと聴き込んだ曲を歌い何度もショットを飲んだ。ビタミンC、E、B_2、B_6のサプリをＦＵＪＩのミネラルウォーターで流し込む。本当は29歳でもない。今年で31歳になる。

年齢のサバ読みは平成初期の芸能界と同じくらい港区では常識で、少しでも長くこの世界を生き抜くためだった。とはいえ港区で遊ぶ男たちは入れ替わりが激しく、彼らは毎日ラウンジだのギャラ飲みだのでたくさんの女に会っているため一人一人の年齢など次に会ったときには忘れている。

ココアは六本木のペットショップで１６５万円で売られていて、初めて触れたとき私の指を貪るように舐めた。この世界で生きてゆくために必死で存在を示しているように感じた。その姿は港区で生きる私の姿と重なった。ココアから離れたがらない私を見た拓海は現金一括払いで買ってくれた。

拓海が詐欺で捕まってからも私はココアと一緒にここで彼の帰りを待っていた。しかし出所した彼からの連絡はなく行方もわからず途方に暮れた。その頃の私は本当に26歳だった。港区を卒業しようと知り合いの社長のコネで正社員になっても手元に残る給料は23万円。三田の家賃は18万円。結局港区に戻った。

立教を卒業して外食チェーン店のマーケティング部に就職したときもそうだった。そこにあったのは３８０万の少ない年収と長い勤務時間、阿佐ヶ谷の家賃７万円のボロアパート。それらに耐えられなくて退職してラウンジで生活費を稼ぎ、そこで出会ったお姉さんからの誘いでギャラ飲みが主戦場になった。

おしゃれなお店でランチがしたい。トレンドのファッションが着たい。ハイブラの靴が履きたい。毎月ネイルとまつパと美容院とオリスパに行きたい。海外旅行も貯金もしたい。ギャラ飲みはそれらの夢を叶えてくれた。そのために稼いでる奴らから対価をもぎ取ることに何の後ろめたさもなかった。

スマホが震え通知をチェックすると、先ほどのギャラ飲みで仕方なくＬＩＮＥを交換した男（43歳ＣＥＬＩＮＥバケハにバレンシアガのパーカー）だった。「飲みすぎたね笑。今度ご飯行かない？　ご馳走するよ」。何でタダ働きしなきゃいけないんだよと思ったが指が勝手に「都合合うときに連絡しますね♡」と返信した。

誰かと一緒にいる時間を時給換算するようになってから彼氏はいなかった。少しいいなと思う人が現れて水族館デートをしても「この時間で3万円稼げたのに」と思う自分が顔を出すのだ。結婚しろとうるさい名古屋在住の母の電話に出るのはやめた。

学生時代は化粧をするなとか男と遊ぶなとかいちいちうるさかったくせに、「東京に行って何年も経つのに結婚したいと思う相手の一人も見つけられないのか」と言われるのは理不尽極まりない。

寝室のベッドへダイブするとベッドの脇からココアの鳴き声がした。ココアを抱き上げるとそのまま羽毛布団におしっこがじょばばば、と勢いよく放たれた。くっさ。躾をまともにしていなかった自分を呪い、ココアと羽毛布団をベッドから下ろしいつ洗ったかわからないYogiboのクッションを抱きしめて眠ることにした。

明日はギャラ飲みを3件梯子する。早く休みたい。ココアがもの悲しげにくうーんと鳴いたが無視をした。いつから散歩に連れて行っていないだろう。そういえば帰宅してからご飯も与えていない。でも早く休みたい。明日起きたらご飯をあげて、ツーショットでも撮ってインスタに載せよう。再びココアがくうーんと鳴いた。寂しそうだった。それが将来の私の姿と重なり背を向けて耳を塞いだ。私にあるのは数年後から減り続けるであろう預金残高だけだった。

16歳

「もう学校に来ないのかと思った」と言って、名前も知らない彼女は涙目で私に抱きついた。それは実に4週間ぶりの登校で、クラスメイトの女子たちが口々に「心配してたんだよ」と集まった。彼女たちが私を使って目当ての男子にアピールしているのだろうと思うくらいには、16歳の私は絶望していた。

学校に行かなかったのは、父が大阪に単身赴任へ行ったまま若い恋人を作って帰ってこなくなり、母が突然ソファーを切り裂いたりする実家に引きこもっていたから――ではない。豪徳寺にある、家賃6万円の狭い1Kの103号室で8歳年上の彼氏の部屋にいるか、原宿駅徒歩2分のカフェでアルバイトをしていたからだ。

彼との出会いは至極インスタントなものだった。不純異性交遊は学校でもお母さんにも勿論禁止されていたものの、人並みに恋愛というものに憧れた私は年齢を19歳と偽ってＳＮＳで彼氏を募集し、送られてきたＤＭで一番かっこいいと思った人を彼氏にした。実際に会ってから私の本当の年齢を言うと、彼は特段驚く様子もなくただ一言「そうなんだ」と言った。

彼氏は老いた捨て猫と生まれたばかりの捨て猫の計2匹飼っていて、その狭い部屋の絨毯からは猫が漏らした尿が染み込んだ饐えた臭いがした。彼は居酒屋でバイトをしていて18時に家を出て始発で帰ってくる日もあれば、一日中ゲームをしている日もあった。ポストは借金の督促状で膨らんでいた。

彼は食事をしなかった。2日に1回、カップラーメンかファミチキを食べて、紙パックに入った砂糖の味がするミルクティーに口をつけた。キッチンにグラスは無かった。時々私がお腹を空かせると、チンすれば出来上がるご飯と冷凍のミックスベジタブルを炒めて中濃ソースで味付けをした餌を作った。

せっかく作ってくれる彼には悪いが、私にとって到底それは食事と呼べるものではなく、かといって彼が食べないのに一人で外食に行くのは罪悪感があり、バイト先のまかないに出てくる簡単なペペロンチーノやロコモコ丼がご馳走だった。母が作る、ルーを使わない5時間煮込んだビーフシチューが少しだけ恋しかった。

彼の部屋にはブックオフの値札シールが付いた銀魂やキングダムや ONE PIECE などの漫画や RADWIMPS のCDが並んでいて、好きな時にそれらを読み聴くことができた。それらは母の子育ての中に決してあってはならないもので、宮沢賢治とショパンで構成された私の世界を輝かせるには十分だった。

モンスターハンターの中で冒険することができたのも、「ネズミの肉」と母に脅され怖くて食べられなかったファストフードに挑戦することができたのも、彼のおかげだった。部屋でゲームをするだけで会話もなくなってきた頃、私は「バイト代が出たからこのお金で温泉にでも行かない？」と彼に提案した。

普段表情の乏しい彼の形相がみるみる変わり、「出て行け」と衣服や荷物を全て玄関の外に放り投げられた。鍵を奪われて締め出されたが、スマホで彼に電話をかけながら部屋のチャイムを鳴らした。数分もすれば出てきてくれると思っていたがそれから5時間が経過し、真夜中になる頃には疲弊し切っていた。

「さよなら」という4文字のLINEを受け取った後は何を送っても既読にならなかった。あまりの突然の別れに茫然とうずくまった。着信履歴は母から679件、父から21件、担任の先生から14件という割合だった。どう足掻いても未成年、バイト代が入ったとはいえ通帳の残高はたったの4万2321円しかなかった。

未成年がホテルを泊まり歩いて補導されないとは思えなかったし、泊まらせてくれる友達はいなかった。手数料250円を引かれつつファミマのATMで1万円をおろし、仕方なく実家に戻るためタクシーに乗り込んだ。ふと窓の外を見ると嫌気がさしていた通学路で、涙が溢れた。彼からの連絡はなかった。

それからいくつかの健全な恋愛を経て、あの頃の彼の想いを理解した。自堕落な生活に憧れた8歳年下の高校生が目の前で健全な道を踏み外そうとしており、平均的な24歳の生活すらできない自分に気を遣って時給の低いバイト代を使って外へ連れ出そうとしていたわけだ。彼の尊厳を壊したのは私だ。

何にせよ私は、ショパンを繰り返し聴くような生活に戻り、朝6時20分のアラームで目を覚まし、名前も知らない同級生たちと机を並べた。それなりの大学を出て第3志望の一般職に就き、父と離婚した母を支えることができているのは彼が私を追い出し、母が私を縛り続けたおかげだと思う。

でも、彼の部屋で過ごしたあの4週間の解放感と、まるまるとした猫がお腹の上に乗ったときのあたたかさ。その熱で体中の筋肉がほぐれくつろいだ時間への憧れは今も残っている。今年で24歳になる。会社からまっすぐ帰宅して、働かない母が昼過ぎから煮込んだであろうチキンのトマト煮込みを温め直し、それを食べながら母と劇団四季を観に行こうと話す。

母が「デザートにエシレのフィナンシェがあるけど食べる?」と言いながら丁寧にルイボスティーを淹れている。部屋は猫の排泄物ではなくサボンのフレグランスの香りに包まれている。愛おしさに満ちたあの4週間に、私は心を置いてきたままだ。おそらくこれは誰にも理解されることはないだろう。

霞が関バイオレット

@NEOKASUMI_No1

（かすみがせき・ばいおれっと）
現役官僚。北九州生まれ、北九州育ち。
東京大学法学部卒業。

社会は〝弱さ〟でできている

東大1年の夏、司法試験ガチ勢の同クラたちがせっせと「伊藤塾」に通って勉強を進めている中、キャバのボーイのバイトで稼いだ金を持て余し、毎日多浪・地方出身の友人たちと雀荘に入り浸っていた俺は、このままではダメだと一念発起、遂に資格を取るための活動を開始することにした。自動車免許合宿だ。

車自体に興味はなかったし東京で暮らす分には不要だとも思っていたが、地元九州の田舎は車社会だ。幼い頃から車には慣れ親しんでおり、学生になったら免許を取るのは当然だと考えていた。地元には無免許で車高の低い改造車を乗り回しているヤンキーもいる。車に乗れるようになって初めて一人前なのだ。

東大生協でパンフレットを貰い、行き先を山形に決めた。学生向けの免許合宿パックはなぜか山形が多い。雀荘や喫煙所で多浪・地方出身仲間を募った。友達はそれしかいなかった。ガキみたいな奴らがイキリ散らかすサークル文化にも、毛並みの良い方々のバタ臭い意識高い系集団にも馴染めなかったからだ。

　そもそも都内の名門校出身者たちは夏には家族とスイスへ行ったり、短期留学イベントでロスへ行ったりとご多忙だ。春夏秋冬、昼も夜もなく下北の雀荘に集まっている奴しか予定が合わないのである。彼らにとって麻雀が打てるなら所在地はどこでも良い。下北沢でも山形の田舎でも本質的に違いはないのだ。

　行き先の教習所は新幹線の駅からさらにバスで1時間ほど行ったところにあった。一度も聞いたことがないし今後一度も聞くことがないであろう辺鄙な町だが、教習所だけは3軒もあった。普通の車より教習車の方が多く走っている程で、どうやら全国から大量に免許合宿の学生を集めて経済を回しているらしい。

　女子大生と一夏のアバンチュール……というわけにはいかなかった。合宿の学生は男だけで、全員喫煙者だった。それは教官たちも同様で、恐らく皆地元のヤンキー上がりだ。九州で不良に殴られ続けた俺には分かる、独特の人相と濁った目をしていた。

「キミ、大学どこ？」。元ヤン教官らとのこんな雑談は地獄だった。自慢げに答えても変に謙遜しすぎてもいけない。極力感情を殺し、事務的に、絶妙な間で「東大です」と答える。凄いね〜と勝手に1人で盛り上がるか、途端に東大の坊ちゃんへ〝ご挨拶〟とばかりイビり始めるかの2パターンだが、大抵は後者だ。

「運転とお勉強は全然違うからね〜」と説教を垂れてくるだけならマシだ。中には東大卒に親でも殺されたのかという程に態度が変わり、パワハラのような指導をしてくる教官もいた。俺は田舎出身だから痛いほど分かる。地方の鬱屈感、閉塞感、妬み嫉み、外来者へのアレルギー。免許合宿は日本の縮図だ。

高校の恩師へ東大合格を報告した時に言われたのを思い出した。「今後お前が社会に出てどれだけ誠実に生きても、お前が東大卒だと分かった途端に足を引っ張ってきたり、嫉妬を向けてお前の失脚を願う奴らが出てくる」。これだ。絶対に避けられない当たり屋。俺は早くも人生の不条理に直面させられていた。

そんな陰湿元ヤン教官の1人と街中を運転している時だった。街中といっても人はほとんどいない。走っている車はほとんどが教習車で、一体何の練習になるんだか分からなかった。郊外に出て山形の大自然の中を飛ばす時だけは楽しかったが、ここで免許を取っても東京では運転できないだろうと思った。

ある文具屋の前で、教官は車を止めるように言い煙草に火をつけた。「ここの店主は30年前神童と呼ばれてな。この町から初めて東大に行って通産省に入ったんだが、激務で心身をやられて田舎に帰ってきて、実家を継いで文具屋の店主やってんのよ。勉強だけして東大行ったってそうなっちゃうんだもんね〜」

その瞬間の教官の目は、いじめっ子のように輝いていた。地元中学時代、俺を殴っていた時のヤンキーと同じ。獲物を見つけ、嬲(なぶ)ってやろうと舌舐めずりしている時の高揚感。自分より弱い者を前にした優越感。力こそ全てだと信じる者の全能感。俺は車校の卒業がかかっている弱者なのだ。無力さを感じた。

と同時に、俺は「自分はそれほど弱くない」とも思った。社会が厳しいことは知っている。だが、修羅の北九州で不良に殴られながら育ち、2浪までして東大に入った俺のストレス耐性は相当なものだ。ナメるな。俺は絶対にこの社会を生き抜いてやる。こんな田舎で学生イビってイキってんじゃねェ……！

とはいえ、役人の基本は「面従腹背（めんじゅうふくはい）」だ。とりあえずその場は「あッ…、そすね…笑」で乗り切り、俺は無事に自動車教習所を卒業した。その後霞が関に入って心身を病み、抗うつ剤に頼って日々を生きる俺は、今でも喉に刺さった魚の骨のように、あの山形の田舎の文具屋を思い出す。

そして感じるのは共感でも同情でもない。不思議なことに、〝羨望〟と〝嫉妬〟なのだ。悪名高き通産省、ノートリアス・ミティで心身を病んだ「店主」には俺と重なるところがあるが、何はともあれ、彼には帰る場所があった。元ヤンたちに笑われながらも、彼には継げる家業があり、生きている。

俺には帰る場所がない。実家には、しがない農協職員である父と、親のスネを齧（かじ）りながらキャバ嬢をしている30過ぎの姉しか残っていないのだ。家族とはほとんど縁を切った。うつ病の自分自身を抱えながら、これ以上負担を増やし共倒れするわけにはいかないからだ。人間は他者を妬まずに生きられないらしい。

30年前に霞が関を去った神童、それを嗤う田舎の元ヤン、俺は違うと信じて霞が関に入り、図らずも同じような境遇に立った俺。皆嫉妬の中で生きるしかなかった。しかし今思えば、少なくともあの時山形にいた人々は、皆同じ〝弱さ〟を抱えていたのだ。これが社会の縮図だ。社会は〝弱さ〟でできている。

ひと夏の幻

　ここ１ヶ月ほど、うつが悪化して寝込んでおり、出勤、休みを繰り返しながら薬をストゼロで流し込む生活を続けていた。今日も今日とて寝ていたのだが、煙草を吸おうとベランダへ出てみれば、街は完全に夏の陽気に包まれている。そう、夏が来るのだ。この季節になると俺は、入省２年目のあの夏を思い出す。

　職場では連日深夜早朝までバリバリ働く「官僚たちの夏」をやりながら、なおざりになっていた私生活では結婚を考えていた彼女と別れ、その虚しさを埋めるように、もはや自傷行為の類いとしてますます仕事へ打ち込んでいく。そんな夏のはじまりにTinderで出会ったのが、新宿に住む上野樹里似の女だった。

　その頃、俺は孤独を紛らわすためやたらとマッチングアプリをインストールしていた。当時まだ残業代が満額つかなかった霞が関だが、それでも月１８０時間も残業していれば、まず遊ぶ金には困らない。片っ端からマッチングアプリに課金した。土曜の夜からは、ひたすら余った金と平日のストレスを発散させた。

初対面で、彼女は自らをニートだと語った。美容師資格を持っているが、副業でやっていた夜職で相当金が貯まったので辞め、実家の仕送りと合わせしばらく遊んで暮らしているのだという。俺は適当に広告系の仕事をしていると伝えていた。新宿の安い居酒屋で飲み、そのまま彼女のマンションに雪崩れ込んだ。

彼女は賢い女性だった。下ネタから真面目な話まで、彼女は全てそつなくこなし、時折ウィットに富んだジョークも織り交ぜた。「働いていたキャバクラで相当鍛えられたの」。彼女は笑った。俺は彼女と話していると、職場で着けている仮面を脱ぎ払い、地方の片田舎出身の、ダメで弱気な自分に戻れる気がした。

俺と彼女は毎週末会うようになった。会うといってもデートをするわけではなく、土曜未明に仕事を終えた俺が電話をかけ、酒を持って新宿の彼女の家に行き、そのまま土曜の昼過ぎまで居座るのだった。次第に新宿の家は、仕事でガチガチに縛りつけられた俺にとって自分を解放できる唯一無二の憩いの場になった。

　その年の夏は特に暑かった。7月から8月、俺たちはダラダラと「週末だけの関係」を過ごした。ビールを飲み、寝て、帰った。彼女の家のベランダから神宮の花火大会を見た。俺が小学生の頃、地元九州の花火大会で、どのトイレも長蛇の列だったため、うんこを漏らした話を彼女はゲラゲラ笑って聞いてくれた。

　たぶん彼女は俺が霞が関に勤める役人だということを知っていた。深夜早朝、休日でもひっきりなしにかかってくる電話への応答を見ていれば、嫌でも気づいたはずだ。「えっ⁉　出張中の大臣レクで差し替え発生⁉」。土曜の朝に慌ただしく出て行くことも珍しくない。それでも彼女は深くは訊かなかった。

　それは俺も同じだった。彼女が本当はニートなんかじゃなく、慶應法を卒業し、外資系の大手企業でバリバリ働くエリートだということを知っていたからだ。ふとした時に目にした彼女の実名を検索したら、女性活躍の旗手としてその社の広報誌に取り上げられている記事がヒットした。恐らくだが彼氏もいた。

俺たちは自分を偽りながら、逆説的に、自分たちの本音を曝け出せる、自分たちが自由でいられる場所を共有していたのだろう。それぞれ職場で厳しいストレスを抱えさまよいながら、俺たちはずっと息のつける居心地の良いオアシスを求めていた。この東京という地獄の中で、一縷(いちる)の希望を手にした夏だった。

秋になり、次第に互いに連絡を取り合わなくなった。男女間において、そういうゲームチェンジの局面は、時に契機もなく自然発生的に生じ得る。いつからか彼女は電話にも出なくなった。俺も他に遊ぶ相手がいた。それから数年経った頃、ふと慶應法出身の友人に尋ねたところ、彼女が最近結婚したと知った。

俺はその後の激務とパワハラで心身をやられて左遷され、当時の溌剌とした面影はなく、今ぼんやり夏の訪れを感じながらベランダでストゼロを呷(あお)っている。彼女はどうだろうか。バリキャリ女子の仮面を脱ぎ捨てて無邪気に笑っていた、俺が知っている彼女は、自分が思うような自分になれているのだろうか。

俺たちには仮面を外せる場所が必要だ。仮面を着け続けた、いや仮面をもはや自分の〝顔〟にしてしまえる人だけが勝ち続けられるこの東京で、俺はあの時、ひと夏の幻を見たのかもしれない。彼女に対しては、どうかあの夏を忘れて、うんこの話でゲラゲラ笑っていられる家庭を築けていることを願ってやまない。

山下素童

@sirotodotei

（やました・しろどう）

１９９２年生まれ。システムエンジニアを経て、現在は無職。風俗レポを記したブログが注目され、デリヘル嬢の紹介文を統計ソフトで解析した結果をテレビ番組「タモリ倶楽部」でプレゼンし話題になる。

２０１８年『昼休み、またピンクサロンに走り出していた』で作家デビュー。集英社のウェブメディア「よみタイ」で、「シン・ゴールデン街物語」を連載中。

トベッ！ ハヤク！ トベヨォッ！

昨日。新宿の寿司屋で上司と飲みました。コロナが流行ってからリモートワークになったので、約3年ぶりの再会。深夜2時頃まで飲んで、大久保の自宅まで徒歩で帰ろうとしました。帰り道、アジア系の立ちんぼがいるんです。4人くらい。「オニイサン、アソビ?」って、腕を組んで声をかけてくるんです。

いつもなら無視するんですけど、酔っぱらってたし、久しぶりに外で人と飲んでかえって寂しさを思い出したのかもしれません。その中の1人の女性と会話したんです。「遊ばないよ」「ワカイネ イクツ?」「30歳です」。そんな風に受け答えをしてたらその人、「チュウシャジョウ?」って言ってきたんです。

何かの聞き間違いかと思って、僕、聞き返しちゃったんです。「駐車場?」って。そしたらその女性がニコッと笑って「チュウシャジョウ！ ゴセンエン！」って声を張り上げました。それから女性は顔の高さまで右手を上げると、満面の笑みで僕に見せつけるように手コキのジェスチャーをしてきたんです。

コートのポケットにお札が入ってたから取り出したら、ちょうど5千円札が出てきて。その瞬間、彼女が盗むように5千円札を奪って「ツイテキナ」って言うんです。彼女は住宅や事務所が脇に並ぶ狭い路地の方へ歩き出しました。真っ暗闇の中を50mくらい歩くと、電灯が1本だけ灯った駐車場に辿り着きました。

その駐車場、大通りには繋がってない小道と小道を結ぶだけの変な通路の途中にあって。わざわざそんなところを深夜に歩く人なんて1人もいないんですよ。だから駐車場の周りはやけにひっそりとしていて。彼女は駐車場の入り口に張られたロープを飛び越えると「コッチ　キテ」と手招きしました。

そのまま彼女は駐車場に停まってた白いアルファードの裏へ入ってゆきました。アルファードのすぐ裏は黒い石壁でした。石壁とアルファードに挟まれた幅50㎝にも満たない狭い空間がそこには出来上がってました。石壁の裏にはアパートがあり、二階の廊下の電球の光が、かすかに彼女の顔を照らしました。

「ハヤク　ヌイデ！」。彼女はアルファードの陰から外の様子を窺いながら、急かすように言ってきました。僕は急いでズボンとパンツを膝下までずり下ろしました。彼女は手提げ鞄の中から携帯用のアルコールを取り出すと僕のペニスに吹きかけて、ウェットティッシュでごしごし拭いてきました。

次に彼女は手提げ鞄の中から小さなボトルを取り出しました。ローションでした。それを手に垂らすと「オニイサン、オッキイネ！」。陽気な笑顔でペニスを握って摩擦運動を開始しました。ペニスの先端に小指が来るような裏手の握り方で、「エッチ　シタラ　ヤッバイヨォ　コレッ！」とか言ってくるんです。

「え、なに？　えっち？」って聞き返すと「エッチ　ハ　ホテル。イチマン　ゴセンエン！」って言ってきました。1万5千円も払ってしたくないんで、無視しました。そしたら彼女の笑顔は途端に消えて、またアルファードの陰から外の様子を窺いながら、ひどくつまらなそうな顔で淡々と手を動かし続けました。

「ア〜、イッチャウネ　イッチャウネ　イッチャウネ　イッチャウネ　イッチャウネ」。急に彼女が僕の耳元で子どもに語りかけるような丸い声で囁きました。まだ手コキが始まってから30秒くらいですよ。そんなに早くイッチャウわけないじゃないですか。それなのに「イッチャウネ」を連呼されて戸惑いました。

「ア〜、イッチャウネ　イッチャウネ　イッチャウネ　イッチャウネ　イッチャウネ」。僕の気持ちとは全く無関係に、彼女は同じリズムで同じ言葉を耳元で囁き続けてきました。人間って不思議なもので、あまりにも「イッチャウネ」って耳元で連呼されると、イキそうにない自分が悪いように思えてくるんですよ。

でも、そんな罪悪感を感じてたら余計に射精から遠ざかってしまうじゃないですか。だから彼女の囁きは無視して、彼女の手の動きが起こす刺激の方に意識を集中することにしました。そしたら彼女、下を向いて「オニイサン、オカシイナ。オソイヨ。オカシイ」ってすごく低い声でぶつぶつ呟き始めたんです。

それから彼女の表情は見る見る内に歪んでいって。眉間に強く皺を寄せて、口を尖らせながら「オカシイナ。オカシイ！　オソイ！　オニイサン　オカシイヨッ！」って声を荒げ始めたんです。イクのが遅いことの責任が僕の側にあるということに一切疑いがないような、純粋で真っすぐな目をしていました。

それでも僕は、自分がおかしいとまではさすがに思えませんでした。だって、まだ手コキが始まって1分経ったくらいですよ。それに、寒い冬の夜の真っ暗な駐車場、白いアルファードの裏という特殊な状況ですぐに射精できる方がおかしいと思ったんです。だから、彼女の言葉を無視しようと決めました。

でも、僕の身体は彼女の言葉を無視できませんでした。「オソイ！　オニイサン　オカシイヨ！」って言われる度に、身体が射精から遠ざかってゆくのを感じました。頭で考えてることと身体の反応って違うんです。僕の頭は彼女の言葉を無視できても、身体は彼女の言葉を真に受けて萎縮してゆくばかりでした。

「オカシイナ　オソイヨ！　トベッ！　トベッ！」。ついに彼女が物凄い大きな声で叫び始めました。もう、駐車場の陰でこんなことしてるのがバレても構わないという覚悟を決めた人間の「トベッ!」でした。その声量に怯んでしまって、射精の希望は完全に無くなってしまったように僕には思われました。

もう無理だ。これ以上粘っても無駄だ。どのタイミングで彼女に終わりを告げようか迷っていると、「オカシイ! モウ、ジブン デ ヤレヨッ!」。怒声を放ちながら彼女がペニスから手を離しました。その瞬間、彼女の手から垂れたローションが僕のベージュ色のズボンに落ちて、大きな黒いシミができました。

でも、そんなことを気にしている余裕もありませんでした。彼女の怒りを鎮めようと、僕は言われるがままに自分のペニスを右手で握って前後に動かしました。「トベッ! トベッ!」。彼女は僕のペニスに向かって叫び続けました。「トベッ! ハヤク! トベヨォッ!」。僕は必死でペニスをしごき続けました。

加速する手の動きとは裏腹に、僕のペニスは徐々に小さくなってゆくばかりでした。「モウ、オソイ! ダメジャン! オニイサン、オワリダ! ダメジャン!」。怒声を浴びせながら彼女は自らの手を拭いたティッシュをアスファルトに投げ捨て、こちらを振り返ることもなく元いた場所の方へと歩いてゆきました。

僕は、いや、僕の身体は「彼女に置いてかれたくない」と反射的に思ってしまいました。遠ざかってゆく彼女の背中を白いアルファードの陰から見つめながら、駐車場でひとりペニスをしごき続けたんです。それまでより更に速いスピードで。それが、彼女に置いてかれないために僕が選べた唯一の方法でした。

「トベッ！　ハヤク！　トベヨォッ！」。さっきまで彼女が僕のペニスに向かって叫んでいた言葉はまだ響いてました。その残響は、かえって僕の孤独を強めました。寒空の下ひとりでアルファードの陰でペニスをしごくなんて、えらい惨めです。でも、そんな惨めな気持ちさえも興奮に変えてやろうと思いました。

悲しいかな、現実っていうのはやっぱり思い通りにならないんです。歩いてゆく彼女が突き当たりを曲がってその背中が見えなくなると、僕のペニスは完全に項垂(うなだ)れてしまいました。飛び出していたピンク色の先端は皮の中に潜って内側に丸まり、猛り立っていた陰毛は行き場を失って下を向いてしまいました。

残されたのは、ローション塗(まみ)れの小さなペニス、ベチョベチョの手、黒いシミのついたズボン、彼女が手を拭いてアスファルトに投げ捨てたティッシュだけでした。彼女が僕に1枚も新品のティッシュを残していかなかったことに気づきました。その惨めさは、興奮に繋がりようのない純然たる惨めさでした。

ペニスについたローションがズボンに落ちないよう、大股になって前傾姿勢で彼女が投げ捨てたティッシュを拾おうと試みました。そうやって自分の足下を眺めてみると、干からびたティッシュがアスファルト上に大量に落ちてることに気づきました。白いアルファードの裏は、ティッシュの墓場だったんです。

落ちてるティッシュの中で最も生き生きとした、彼女がさっき捨てたばかりの1枚を手に取って上半身を起こしました。その瞬間、アルファードのバックドアに映った自分自身と目が合いました。ズボンを膝下まで下ろし、しわくちゃになったティッシュ1枚を手にした、ペニス丸出しの、30歳の男でした。

豊洲銀行　網走支店

@toyosubk88

（とよすぎんこう・あばしりしてん）

銀行員。２０２２年７月から「＃陰湿金融文学」のハッシュタグで、金融機関のリアリティ溢れるショートストーリーを投稿している。

支店対抗ゴルフコンペ

まだまだ仕事は片付かない18時過ぎ、次長から呼び出されて命じられたのは「しおり」作りだった。遠足のしおりではない。支店対抗ゴルフコンペのしおり作りだ。

「もちろん勤務時間外扱いだからな。ちゃんと差し引いて申請しろよ。あ、おまえエクセル得意？　集計表も頼むわ。当日ラップトップ持ってけよ」

毎日18時にスケジューラーを飛ばされた。しおり作成の進捗確認、エクセルの動作確認の会議が行われる。開会式、閉会式の段取りから配車表に運転手の依頼、下手な役員接待より手間がかかった。次長が前回トップにならなければ他の支店が幹事になったのに……下働きをさせられる我々のことも考えてほしい。

コース選びでも一悶着あった。最年長のA支店の支店長は自宅から近い埼玉のコースを、うちの次長は幹事特権で自分のお膝元である都内のコースを希望した。「年長者への配慮もせず自分の得意コースを押し付けるとは何事か！」。激怒したA支店の副支店長から私に直接クレームが入る。

「幹事してやるんだから当然だろ？　押し返せ」。次長に伝えても折れなかった。幹事業をしているのは私なんですけど……。三日にわたる交渉の末、なんとか都内のコースでまとめた。この情熱とこだわりをお客様や案件に向けるべきではないのか？こんなことをしているから時代遅れだと言われるのだ。

本番当日。開会の挨拶、日程とルール説明の後はラウンド開始まで各々時間を潰す。「おう、コーヒーの用意はないんか？」。別の支店の参加者だった。「各自でお買い求めいただくことになってますが……」「なんや？　今年の幹事は『イマサン』やな」。吐き捨てると不機嫌そうにクラブハウスに向かった。

すぐにどの支店の職員か他の参加者に確認した。50近い課長代理だった。私のキャリアにとって重要人物になることはなさそうなのでアフターケアはしないと決めた。ついでに次長にイマサン発言をチクっておいた。次回以降、彼の姿を見る者はいないだろう。

　コースに出ても気は休まらない。プレイと並行してドラコン・ニアピンの記録、スコア集計を行う。素振りをしたりコースの形を確認して戦略を練る年長者たちを横目に、一世代前の重たいラップトップを担ぎながら走りまわる。自分だけ別の競技をしている気分になってくる。

　それだけではない。同じ組のB支店長が一打ごとに「コースは久しぶり」「新調したばかりのクラブだから調子が出ない」など言い訳するのを必死におだて、なだめるという仕事までついてきた。自分のスコアなど気にしていられない。少しでも手こずったらギブアップした。諸先輩方の接待で頭が一杯だった。

　私はスコア153でラウンドを終えた。コンペ要員を命ぜられた半年前からゴルフを始めたうえ、イマサン発言と諸々の対応でメンタルをすり減らしていた。私より後ろの組で回っていた次長が電話でスコアを聞いてくる。「おまえ足引っ張んなよ！今年こそ個人と団体両方で優勝するつもりだったのによお！」

極度の疲労で次長の怒りなどどうでも良くなっていた。適当に謝って済ませた。その後の閉会式、懇親会はスムーズに進めて早く帰ることしか考えていなかった。そういう時ほど物事はうまくいかないものだ。私に追討ちをかけるように、懇親会でも次から次へと問題が発生した。

乾杯のビールがグループ御用達銘柄ではないと騒ぎ出すおじさんたち、集計表のエクセルに一か所些細な間違いがあっただけですべてのセルを悉皆(しっかい)調査しろといきり立つリスク管理部門出身のB支店長、景品のボールを愛用のメーカーのものに交換したいと言い出すイマサン野郎……。

あらゆる不平不満を受け止めているうちに、私の対応はどんどん機械的になっていく。後半になるともう誰が何を言ったかほとんど覚えていない。「次回以降の幹事は個人最下位が所属している支店にしよう」。A支店長がそう言ったことだけはしっかり記憶している。もちろん個人最下位は私だった。

翌年のコンペ前に私は異動した。その年の大会がどんなものだったかは誰も連絡してこなかったし、聞きたくもなかった。あれ以来、私は頑なにゴルフは出来ない、やらないと言い続けている。社内のゴルフコミュニティで得られる何かよりも、失う何かの方が多い気がしているからだ。

初成約

「山崎さん、投信初成約おめでとう！」。一同が大きな拍手を送る。頬を赤らめる山崎さんを見る私はきっと青ざめていたのだろう。「大丈夫、豊洲さんもすぐ売れるよ！　こういうの巡り合わせもあるし」。同じく同期の佐藤さん。既に３件、計２００万円の投信を成約している。青木さんも先週50万円だが成約した。

３か月前のこと、私を含む総合職２名と一般職３名の新入行員がこの支店に配属された。もう一人の総合職は融資課で早くから顧客を持ちアパートローン営業をしている。「パジャマ姿の地主に頭を下げるのは嫌だ」などと言いつつ既に１億円の案件の稟議を書いていた。私は窓口課で燻っていた。しかもまだ諸届と預金業務しか経験していない。

「投信ガンガン売ってるか？」。トイレに行こうと執務室を出ると声を掛けられた。

支店長が口元だけの笑みを浮かべていた。「いえ、まだです」。僅かなプライドを必死に保ち、言い訳せず端的に答える。「ダメじゃないか、総合職が率先して引っ張らないと！　お前、お客に対して腰が引けてるんじゃないの？」

そりゃそうだ。まとまった預金があってローカウンターに来るような客はジジババばかり、コンプラ規定だと能動的にセールスしてはいけない年齢の相手がほとんどだ。それに自分には投資の知識も経験もないので、リスクだの元本保証なしだのと言った瞬間に顔が曇る。むしろみんなどうやって売ってるの⁉

「それでは投信セールスのロールプレイングを始めます」。翌日、窓口営業終了と共にどう考えても私がターゲットのロープレ研修が開かれた。「私からお願いします！」。空気を読まず絶好調の佐藤さんが先陣を切ろうとする。「豊洲さんからやろうか」。佐藤さんをスルーしてリーダーが私を呼びつけた……。

「そんなにリスクを大げさに話さないで。最後に『元本保証ではありませんが毎月配当も貰えて年金の代わりになります』ってさらって言えばいいの」。マジですか？

配当も保証されてないのに？　みんなこんな説明してるの？「相手が高齢者で能動的セールスがダメな場合はどうするんですか？」

「お客様が利回りの高い商品をお求めなら良いんでしょ？『預金の利回りにご満足されてますか』って聞けばこの低金利時代、満足してる人なんていないでしょ？」。誘導じゃないのソレ……次々疑問が浮かぶが、売れている人からすれば私が真面目すぎるらしい。腰が引けているとはこのことだったのか。

「あなたみたいにそのうち異動でいなくなる人に見込み客を担当させるはずないんだけどね」。一般職の同期は投信購入見込みがある常連顧客の一部を既に割り当てられていたらしい。私だけ最初からハードモードを強いられていた。そんな身も蓋もない真実をご教示いただいてロープレは閉幕した。

翌日からロープレで学んだ話術を実践する機会をうかがった。だが世間は夏休みシーズン、来店するのは帰省に合わせて相続手続に訪れる客ばかり、そんな状態が2週間続いた。投信販売の技術は一向に向上しない一方で戸籍謄本読解の経験と知識だけが積み上がっていく。そのうち焦りもどこかに行ってしまった。

今日は何件相続手続が来るのだろう。投信を売りたいという欲も完全に消え去った暑い夏の日、よれて黄ばんだ半袖のヘンリーネックシャツにステテコ姿の中年男性がふらりと窓口に現れた。他の担当者の様子をうかがうとみな相続手続で忙殺されていた。

金の匂いを一ミリも感じさせないハズレ客――私にお似合いの相手だ。「本日のご用件は？」。ロビーマンも相手にしなかったので声を掛ける。「おう！　なんか利回りの高いやつ紹介して！　とにかく利回りの出るやつ」。何が起きているのかすぐに理解できず、私は立ち尽くしていた。「新人さんかい？　大丈夫？」

「この米国ハイイールド債券の投信などいかがでしょう」。カウンターに着くと手近なパンフレットでとにかく利回りの高そうなものを選ぶ。「もうそれでいい、200万現金あるから、これで」「あ、一応リスクの説明を……」「ああ？　こまけえことはいいよお。はい！　リスクはわかりました！　これでいい？」

15分ほどで手続は終わった。控えの書類を雑に折りたたみ、ステテコのポケットに突っ込むと男性は店を後にした。後にも先にも私が成約した投信はその一件だけだった。あれは一体なんだったのだろう。なんとなく河童に似ていたし人間ではなかったのかもしれない。なんだかキュウリが食べたくなった。

知ってるやり方でしか仕事ができない

「甘やかすこともできるんだよ？　偉いでちゅね～、よくできまちたね～って。それでおまえは成長できると思うか？　なあ？　恥ずかしくないんでちゅか～？」。応接室には二人しかいなかった。誰も彼を止められない。きっと私の自尊心が溶けてなくなるまで強酸性の言葉を浴びせ続けるのだろう――。

入社一年目の夏だった。窓口業務を少し経験した後、基本を知らぬまま融資業務についた。マニュアルを読んでも言葉と知識がつながらない。私の教育係は、一人でほとんどの主要取引先を担当していて外出が多く、次長が実質の教育担当だった。「おまえの仕事は砂上の楼閣だな。このままだといつか人間としての信用も足元から崩れるよ？」

本店審査部から来た次長。行列をなすアリを一匹ずつ指で丁寧に潰すように、私のミスを一つひとつ指摘した。そして心を抉るための言葉を吟味し、時間をかけてこき下ろすのが彼のスタイルだった。業務時間だけでは終わらない。仕事が終われば居酒屋で私の品評会が開かれた。

「おまえさあ、当然のことを正面から言うだけじゃつまらないんだよ。お笑い芸人を見て勉強しろ、なあ？　プライドが高いんだよ。もっとバカになってみんなを楽しませてみろよ？」。うんうんと頷く者、笑いながら聞く者。周囲も同調した。男子校の部活みたいなノリが欲しかったのだろう。

そのうち頭痛がするような気がしたり、熱っぽい気がしたり、風邪をひいたような気がして毎朝体温を測るようになった。いつも平熱だった。眠る時は翌朝に発作が起きてベッドから起き上がれなくなることを祈った。休む口実を探しているのは自覚していた。それでも毎日、始業の1時間前には出社した。

半年ほどは耐えたが前頭葉が疲弊して抑えが利かなくなっていたのかもしれない。ついに次長の小言に逆上してしまった。「ミスが多くて申し訳ありません！　でも私の人間性を揶揄するのはやめてください！」「一丁前に口答えか？　いいよ、聞いてやるよ。ちょっと来い」。私は応接室に連れて行かれた。

「オレも長年部下を見てきてるからさ、いくらでも演技してやるよ。優しい次長さんになってやろうか？」「そういうことじゃないんです！　私の人間性にケチをつけるのをやめてほしいと言ってるんです！」「まあ遠慮するなって」。全く意に介さない次長に私は苛立ちを隠せなくなっていた。

意地の悪い笑いがそのままシワになって刻まれたクシャクシャの顔。不気味で不愉快だった。どうすれば彼に一矢（いっし）報いることが出来るのかわからなかった。目に涙が溜まり視界が歪む。早々に涙声になり心が折れかけている私を楽しそうに追い詰める次長。口撃を緩めることはなかった。

「甘やかすこともできるんだよ？　偉いでちゅね〜、よくできまちたね〜って。それでおまえは成長できると思うか？　なあ？　恥ずかしくないんでちゅか〜？」。別の担当者に私の面倒を見させる。おそらくかなり早い段階で用意していたであろうこの結論を彼が持ち出すまで半日かかった。

夜には居酒屋で午前中の続きが待っていた。「人間性を揶揄するのはやめてくだちゃ〜い。はずかちくて泣いちゃいまちゅ〜」。悪意に満ちたデフォルメを加えて私のモノマネを披露する次長。大爆笑する私以外のチーム一同。愛想笑いではなかった。解放された頃には日付が変わり土曜になっていた。

午後に起きてシャワーを浴び、私は出かけた。ホームセンターで練炭、七輪、チャッカマンと養生テープを買った。薬局で睡眠剤も手に入れた。寮に戻るといつものように同期とニコ動を見て笑い、夕食をとると部屋に戻った。

ドアの隙間に養生テープを貼っていると涙が流れてきた。ベッドに座り睡眠剤を一箱分全て飲み、七輪の練炭に火をつける。少しずつ眠気が迫る。そのうち意識が飛びそうになる感覚が波のように押し寄せた。そろそろ頃合いかな、目を瞑る覚悟を決めたところでノックの音と聞き慣れた声が響いた。

目張りが甘かったせいで外に煙が流れていた。通りかかった同期が不審な匂いに気づき、心配してドアを叩いたのだ。やはり死ぬのは怖かった。私はドアを開けた。同期に部屋の中を見られると急に恥ずかしくなった——。

数ヶ月後には私の関連会社への出向が決まった。送別会のスピーチの最中、次長はずっと会場全体に響き渡る声でヤジを飛ばし、茶々を入れてきた。周りには私が感極まっているように見えただろうが、悔し涙をこらえるのに必死だった。次長の顛末は誰も連絡してこなかった。私も敢えて聞かなかった。

不思議なもので、数年後には私も仕事がおぼつかない後輩を会議室に閉じ込め、罵倒し、退職に追い込んだ。基礎を教えず、なにごとも見て盗めと言うだけの自分を棚に上げていた。結局、人間は自分の知っているやり方でしか仕事ができないようだ。私は次長のやり方しか知らなかったのだ。

木爾チレン

@1000ve

（きな・ちれん）

1987年京都府生まれ。2010年、短編「溶けたらしぼんだ。」で「第9回女による女のためのR-18文学賞」優秀賞を受賞。『静電気と、未夜子の無意識。』でデビュー。著書に『みんな蛍を殺したかった』『私はだんだん氷になった』など。

過去に「花嫁候補の家族」として某恋愛番組に出演したことがある。

88967人のフォロワー様へ

PRだらけになったこのアカウントに生き残ってくれた88967人のフォロワー様へ。私が某恋愛番組に出演して最後の一人に選ばれてからもう五年が経ちました。今まで自撮りやポエムにいいねをつけてくれてありがとう。このアカウントは明日削除します。最後にずっと言えなかった私の正直な思いを綴ります。

振り返れば番組終了時が人生のピークでした。Twitter のトレンドに名前が載って、波瀾に満ちたエピソードを重ねながらも晴れてカップルになった私たちは祝福され、インスタに載せたツーショット写真には36542件のいいねがつきました。あれ以上、世間に注目される日は二度とこないし、こなくていいです。

当時、地元の路上ですら頻繁に名前を呼ばれました。新宿では1時間に6回呼ばれたこともあります。「顔ちっさい」「初回からエリカ様推しだった」「ずっと応援してる」。みんな口を揃えてそう言ってくれました。最高の気分でした。だって私は配信が始まるまで地方の中小企業に勤めるただのＯＬだったんですから。

ＯＬ時代のことは前世の記憶みたいに感じます。主な仕事はデータ入力と検品と棚卸でした。埃っぽい職場からはイオンが見えました。歯並びが悪い同僚の女に不倫中の上司からもらったという４℃のピアスを自慢されながら、どうしたらこの狭くて息苦しい世界から抜け出せるのだろうと毎日思っていました。

ＪＫ時代は学校裏サイトの可愛い子スレで常に一位だったのに。短大では二年連続ミスコンに出たのに。いつまでこの同僚の隣でおじさんチェックのベストと膝下の絶妙なスカート丈のダサい制服を着続けるのか。私はこのまま地方ＯＬとして老いていくのか。気がつけば25歳。楳図かずおの漫画より恐怖でした。

オーディションを受けてみたくなったのは完全にLA LA LANDを見た勢いでした。私は全身全霊でエマ・ストーンに共鳴したんです。エンドロールが終わっても涙が止まりませんでした。ずっと何者かにならなければと感じていました。ただ平凡に生きていることを罪みたいに思っていました。何の芸もないのに。

番組に出演し活躍すればフォロワーが何万人も増えることは知っていました。でもフォロワーが欲しかったわけじゃない。ただ、このくだらない人生から抜け出したかった。一瞬で。だから合格してすぐ会社を辞めました。全然こわくなかった。私は少なくとも選考落ちした800人より特別な人間のはずでした。

番組で紹介される私の肩書きは地元のしがないOLからアクセサリーデザイナーになりました。制作は趣味で販売したことはなかったけど、過去の参加者には「愛猫家」がいるくらいだから問題はありませんでした。それに、どんな肩書きより美しさや可愛さが重要であることは過去の配信を見れば一目瞭然でした。

番組が用意した運命の相手は藤木直人似の有名IT系ベンチャー企業で働くハイスペ男子でした。笑うと目尻がくしゃっとなるのが可愛く、聡明で、話す度に好きになりました。執着してた元カレのことがクソみたいに感じました。思えば微妙な恋愛ばかりしていました。微妙な男しかいない環境で生きてきたから。

彼が私を最後の一人に選んでくれた経緯は、配信を見てくれていると思うので省略します。

連絡先は撮影が終わってから交換しました。ＩＴ系だからか、彼がくれるＬＩＮＥの文末には、何も面白くなくても高確率でwが生えていました。まだ大丈夫でした。無理だったのはインスタのナイトプールに行った投稿でした。シャンパン片手にウインクしているその姿は、完全にパリピでした。

撮影中の王子様は、現実にはいませんでした。王子様が西麻布のタワマンに住んでいるわけがないのです。

申し訳ありませんが私たちは秒でダメになりました。私が彼に落胆したのと同じく、彼も私に落胆していました。そうです。撮影が終われば私は何の取り柄もない地方から出てきた美人に過ぎませんでした。東京にはごまんといます。時間を空けて公表した破局報告の投稿には、いいねが１２１０９件つきました。

婚約記事と破局記事が、Yahoo!ニュースに残り続ける人生になりました。宿命のように、祝福された分、叩かれました。コメント欄は地獄でした。破局を投稿したその日はファンとアンチからのＤＭが30秒置きに届きました。自分の恋愛で誰かが喜び、泣き、怒る。私は一人の女の子ではなく、コンテンツでした。

番組終了後、13万人にまで増えたフォロワーは11万人になっていました。目に見えてわかるとはこういうことですね。短期間で13万人にフォローされたときの喜びより、2万人に解除された辛さのほうが何倍も上でした。投稿するたびにフォロワーが減る。病みました。病みポエムを投下せずにはいられませんでした。

醜態を晒し、傷つくためにＳＮＳをしているみたいでした。けれど幸福にもなるからやめられませんでした。自撮りをあげれば４０００件のいいねがつき「エリカ様かわいい」というコメントが最低でも12件はつきました。ディズニーやユニバで撮った写真が人気でした。私は写真を投稿するために生きていました。

事務所に所属することをきっかけに上京しました。私が芸能界デビューすることはウェブ記事になりました。演技の経験もないのに女優の仕事を希望すると、すぐにNetflixのドラマが決まりました。58秒映っただけで、同じエリカ様でも沢尻エリカにはなれそうもありませんでした。一年足らずで事務所は辞めました。

貯金とフォロワーが減っていくのに比例して、私は東京に溶け込んでいきました。同じ番組に参加していた女の子から六本木のパーティーに誘われるたび泥酔し、芸能人から口説かれることにも慣れ、自称クリエイターの友人が何人もできました。東京の人はみんな私のことを知っていました。私は東京が好きでした。

地元には帰りたくありませんでした。「アクセサリーデザイナーなんでしょ？　番組で作ってたやつ可愛かったし、minneで販売してみたら？」。友人にアドバイスされるまで忘れていた設定でした。配信後、欲しいというDMがかなりきていたことも思い出し、20個作ってストーリーで宣伝すると半日で完売しました。

アクセサリー制作に明け暮れました。ストーリーに載せるだけで、飛ぶように売れました。作品が特別優れているからじゃないことは知っていました。ファンが買ってくれたのです。しばらくして販売を止めたのはガルちゃんで下手だと批判され始めたからです。これ以上惨めな気持ちになりたくありませんでした。

29歳の時は電通に勤める年上彼氏の部屋に入り浸っていました。30歳までに結婚したかった。居場所が欲しかったんです。でも結婚という単語を使いすぎたんでしょう。「出会った頃の関係に戻りたい（直訳：重い）」と告げられました。現実では誰にも最後の一人に選んでもらえないなんて笑ってしまいます。

30歳になった私の収入源はPR案件でした。エステに、整形に、化粧品。ファンに失望されないために極力避けてきましたが、東京で生きていくにはお金が必要でした。普通に働くなんて、私にはもう無理でした。死んでもOLには戻りたくありませんでした。同僚の歯並びを思い出すだけで吐き気がしました。

インフルエンサーといえば聞こえがいいけど、配信から5年も経てばフォロワーが9万人近くいても私はもう素人に毛が生えただけの存在です。ずっと応援してると言ってくれた人たちが今もフォローしてくれているのか、ＰＲだらけになったストーリーまで全部見てくれているのか、私には知ることもできません。

盛れた自撮りを投稿すれば、今も最低１０００件はいいねがつきます。たまには声をかけられて、隠し撮りをされることだってある。まだ価値があることに私はほっとする。でも一生、毛の生えた一般人以上にはなれません。でもこの毛があるから数十万円のＰＲの案件をもらえる。私は東京で生きていけるのです。

プラダのコートを着たい。化粧水はＳＫⅡ。７０００円以下のシャンプーは髪が死ぬ。中目黒に住み続けたい。蔦屋書店で暇をつぶして、スタバでラテを買い、目黒川沿いを歩き、光明泉で整いたい。地元にいたとき、何に幸福を感じていたのかもう思い出せない。そう。私の人生は変わってしまったのです。

でも私は、果たして幸せになったのでしょうか。番組に出て以来、毎日うまく眠れませんでした。毎晩のように悪夢を見ました。昨日も眠れなくて、深夜二時にアイコスを吸っているときです。ふとＳＮＳをはじめた頃のことを思い出しました。「私はフォロワーさんたちと友達になりたい」そう投稿したことを。

番組の配信がはじまって、感想のＤＭが来るたびうれしかった。ぜんぶに返事をしました。長文には長文で。はじめてのインライは1万人が視聴してくれました。私はコメントに答え続けました。本気で友達になりたかったんです。でもいつしか自分のことでいっぱいになっていました。東京で生きていくことに。

モー娘ごっこに精を出していた少女の頃から、私は心のどこかで、有名になって、人気者になりたかったのだと思います。でも有名になることは、幸せになることではありませんでした。美人に生まれたのと同じように、それは不幸になる要素でもありました。

正直私はボロボロです。死にたいです。番組に出演しなければ、こんな惨めな気持ちになることもなかった。でも何もかも、後悔していません。オーディションを受けてよかった。毛も生えない人生だったら、東京にでることもなかったら、私は不幸も幸福もない人生をもっと惨めに生きていたでしょう。

長くなりました。何を伝えたかったのか、正直もうわかりません。でも最後まで読んでくれて、いままで私をフォローしてくれてありがとうございました。このアカウントは明日削除しますが、もしどこかで私を見かけたら気軽に声をかけてくださいね。

今日まで生き残ってくれたあなたは、私の戦友です。

pho

@ohp_pho

（ふぉー）

東京都生まれ。医師。研修修了後は精神科医として勤務、現在は産業医。

賞罰なし。貴社の規定に従います。

中学受験体験記　〜親子3人で支え合う家族の輪〜

ホテル特有のピピピピという古臭いアラームが鳴る。自分でも驚くほど素早く目を覚ます。口が乾燥して気持ち悪い。前回はバスタブに湯を張るのを忘れた。真っ先に枕元のスマホを掴んで日付を見た。【1／31　6：55】。またか。また1月31日か……。

全ての始まりは6年前だった。自分はまだ大学病院に勤めていて、息子は年長で、幼稚園以外はくもんしか通わせてなかった。公立小に入れて中学受験はさせようと漠然と思っていたけど具体的なことは何も決めてなかった。そんな時、妻が突然来年からサピックスに子供を入れようと思うと言い出した。

最初は何かの冗談なんじゃないかと思った。自分も中学受験はしたけど、周りの早い奴でも勉強するのは3年生からだった。小1からサピックス？　一体何を教わるのか？　そんな早くから入れるのが今は普通なのか？　一瞬混乱して、つい妻に「なんでそんなに早くから入れるの？」と尋ねた。

後から思えば聞くのは迂闊だった。中学受験は様変わりしている、あなたの時と全然違う、むしろ小1じゃないと入れない、そんな疑問が出るのは教育に関わる気がないから。そもそも出産のときだって……。もともと不機嫌だった妻はひとしきり怒りと原因について表明し、そのあともっと不機嫌になった。

研修医の時に紹介で知り合った妻は文系学部卒で専門商社で働き、出産後は育休を経て復帰していた。当時は自分も一番下の助教で忙しかったので正直子供にはあまり関われていなかった。教育のことはわからず妻に任せていた。幼稚園もいつの間にか決まっていたし、くもんもいつの間にか行っていた。

教育と言われても、こっちは研修医とかの教育のほうで手一杯で、自分の家の教育まで手が回らなかった。たまに夜に学校のこととか相談された気もしたが、毎日疲れ切っていたのであまり覚えてない。当直明けに外来やって夜に帰って、真面目に話すのは無理だった。「好きにしていいよ」としか言えなかった。

息子は公立小に上がりサピックスに通うようになった。送迎も全て妻がやっていたが、その後話し合い、自分は資金を稼ぎ、妻は教育に集中するということで仕事を辞めた。スマホを見ていることが多い妻を、自分は「ガルちゃんばかり読んで」と思っていたが、今はわかる、あれはインターエデュを読んでいた。

そもそもなぜ妻が中受をさせたいのか自分はまだよくわかっていなかった。怒られると嫌なので探り探り聞いてみたら、御三家に入れてゆくゆくは医者にしたい、というあまりにも直球なもので逆に驚いた。医者にしたい？？　自分は毎日辞めたいと思っているぞ？？？　こんな仕事を息子にさせたいのか？？？？

久しぶりに息子と風呂に入って、将来なんになりたいのか聞いてみた。6歳なのに「医者」とさらっと答えたので、「それはお父さんを見て？」と聞いたら、別に、とつれなかった。8時までしか3DSやっちゃいけないから、と先に出られてしまった。自分のシャンプーで息子も洗ってしまったので妻に怒られた。

息子が小3になると同時に自分も総合病院に異動して少し時間に余裕ができた。とはいえオンコールも日当直も普通にあるし、一度思い立って「今日は俺がサピックスに迎えに行くよ！」と宣言した日の夕方に限って緊急入院が入って行けなくなり、以後は送迎を頼まれることすらなくなった。

妻との会話で渋幕の話が出て、「1月に受ける練習用の滑り止めでしょ？」と言ってしまってマジギレされたのもこの頃だ。あなたはずっと興味がない、興味がないからそんな発言が出るんだ、と責められた。でも、自分が四谷大塚に通ってたころは確かに滑り止めだったし、知ったこっちゃないと思った。

息子はいつも暗く、楽しそうな表情は見なかった。こんな辛そうに勉強して、それで目指しているのか目指させられているのか知らないが、自分みたいにオンコールや当直や、理不尽なことばっかりの仕事に向かっていっているなんて考えたら寒気がした。大体、医者になれだなんてもう発想が古すぎると思った。

成績については良く知らなかったが、小5になりα3というクラスにいることを知った。妻に、開成を受けさせるつもりだと言われた。「いいんじゃない」ということで話はすぐ終わった。バカバカしい。最後医者にさせるんだったら別に開成である必要はない。医学部がみな御三家から来てると思ってるのか？

土日は好んでバイトの日当直に行くようになった。家に帰りたくなかった。妻はカリカリしているし、息子は暗く机に向かっているし、病院で先生と言われ金をもらうほうが全然まし。GS？だの、SS？だので考えられないほど金がかかった分を稼がないといけないのもあったが、それ以上に家に帰りたくなかった。

ちらほら医局を抜ける同期が出てきた。自分もそろそろか？　でもどこに行く？　QOLが高い病院で家族との時間を！と業者は言うけれど、今の自分はそれを求めてない。できた時間で楽しく過ごす場所がない。いいです、今はいいです。毎日仕事に忙殺されて、週末は日当直に行きます。何も考えなくて済むから。

気が付けば小6の1月になっていた。別に心から開成に入って欲しいと思っていたわけじゃないが、ここまで頑張ったのなら息子は報われてほしかった。年末から妻は気にしていたが、残念ながらまたコロナが流行ってきてしまい、にわかに病院もキナ臭くなってきた。何度目かもう忘れたが、あの嫌な感じ。

妻に、息子の人生が決まる時だから、しばらく家に帰らないでくれないかと頼まれた。診療でコロナにかかり息子が濃厚接触者にでもなったら大変ということだ。快諾した。どうせ家に帰りたくないし、この状況だと息子や妻が他のところで感染しても全くおかしくないがその時に自分のせいにされたら堪らない。

2月1日から数えて14日前、さらに大事をとって1月12日ころから病院の最寄り駅に近いアパホテルで暮らし始めた。こんなに静かな夜は久しぶりだった。毎日心からぐっすり寝た。一人飲みにも行きたかったが、病院の近くの繁華街で飲むのはリスクが高く、離れたホテルにすればよかったと後悔した。

息子の人生が決まる……受かって、医者になってこんな人生に決まるのか。家から出されて、外来終わってアパホテルで寝泊まりするのか。買ってきたビールを部屋で何本も空けた。当直の日もホテルの部屋は取りっぱなしにしていて少し勿体ないなと思っていたが、別に自宅の家賃も同じことだなと気づいた。

21日、部屋で飲みすぎて、渋幕を明日に控えた息子に電話するのを忘れて寝てしまった。翌日夕方、妻から「あまりできなかったみたいです」とだけＬＩＮＥが来た。病院で読んだとき、胸が締め付けられるように苦しくなった。小１からあれほど勉強して本番でできなかった。どんな気持ちで家にいるんだろうか。

24日に「落ちてました」と妻から連絡があった。外来の合間に読んで少し泣いてしまった。夕方になり息子に電話をかけて少しだけ話した。なんて声をかけたのか覚えていないが、気を取り直して頑張る、みたいなことを言っていた。初めて、家に帰れないことをもどかしく思った。

31日は外来日なので早めに起きた。院外処方希望の患者に院内で処方してしまってクレームになったり、研修医が薬の量を間違えてインシデントを起こしたり散々だった。妻に電話したら、今日はゆっくりさせているから邪魔しないようにと言われたので、息子には「明日、頑張れよ！」とだけＬＩＮＥを送った。

アパホテルに着き、風呂に入った。明日2月1日が本当の本番、開成。験(げん)を担ぐわけじゃないが、息子が頑張っているのだから自分も飲むのはやめようと思って飲まなかった。今、どれだけ同じようなことを考えている親がいるのだろうか。今さらこんな風に思うなら、もっと息子に関わればよかった……。

ホテル特有のピピピピという古臭いアラームが鳴る。6：55……？　早すぎる。あと30分は眠れた。でも二度寝すると遅刻しかねないのでそのまま準備をして出た。早く着いたので医局でテレビを見てくつろぐ。「昨日の全国のコロナ新規感染者数は78128人で……」。横ばいか、意外だな、昨日は月曜日だったのに。

9時になったら外来から早く降りてこいと電話がかかってきた。今日は外来日じゃないと言ったが、何を言っているんですかと怒られた。行ったらたくさん患者がいた。焦って今日は何日ですかとクラークさんに聞いたら笑われて1月31日だと言われた。そんな馬鹿なと思ったがスマホを見てもそうだった。

意味がわからないまま外来を始める。予知夢でも見ていたのか？　昨日来た患者が全員また来る。同じ訴えに同じ処方をする。院外処方希望の患者。普通に院外で処方したら当然何も起こらなかった。研修医から電話がかかってきたので抗生剤を量まで指示した。何も起こらなかった。病院は1月31日だった。

起こることが全てわかっているので仕事が異常に早く終わった。妻に〝昨日〟よりも早く電話したら、息子は不安そうにまとめノートを読んだりしていると言っていた。「え、開成は？」「開成はって何？　その話をずっとしてるんじゃない。明日開成だから不安に決まってるじゃない」。不機嫌にさせてしまった。

ホテルに着いてじっくり考えたが意味が解らない。やはりリアルな予知夢を見たという風に考えた。昔読んだ電撃文庫じゃあるまいし、ループするなんてありえない。バカバカしい。明日こそ本当の2月1日。開成の日。はい。渋幕は悔しかったと思うけど、よく頑張った。明日も頑張ってくれ。おやすみ。

ホテル特有のピピピピという古臭いアラームが鳴る。目を覚ます。〝昨日〟のことを思い出す。ゆっくりとスマホを掴み、恐る恐る指紋認証を解除する。【1／31 6：55】。またか。また1月31日か……。

壮大なドッキリなんじゃないか。そんなことを思いながら病院に行き、8時半に外来に降りてみる。やはり同じ患者がたくさんいる。処方。処方。院外処方。処方。電話。セフトリアキソンは1g。確認して。昨日の新規感染者数は78128人。この時間の電話は不動産。即切り。妻に電話。まだ家についていないという。

あとで息子に電話していいかと聞いたらいいとのこと。夕方前に電話する。「小1からよく頑張ったと思うよ。お父さんあんまり送り迎えとかできなかったけど、本当に応援しているから。明日はリラックスして」。息子は少し驚いた様子で「うん」と、いつもより明るく答えた気がした。「ありがとう」

思えばここ最近はもちろん、数年来きちんと息子と話したことはなかったかもしれない。妻とも同じ。失ったものの大きさみたいなものを感じると同時に、受験が終われば少し取り戻せるかもしれない、と思ってきた。そのためにもハッピーエンドで迎えたい。開成に受かってくれ。心から願っている。おやすみ。

ホテル特有のピピピピという古臭いアラームが鳴る。素早く目を覚ます。〝昨日〟のことを思い出す。スマホを持ち、指紋認証を解除する。【1／31　6：55】。またか……。

処方処方院外処方セフトリ1g。7812 8人不動産。妻に電話。まだ家についてないと。息子に電話。かなり話す。頑張れ。お父さん、終わったらどこでも連れてってあげる。仕事は休む。〝昨日〟よりもだいぶ話した。息子は明るく「ありがとう」と答えて切った。この後何も起きないと知ってるので病院を15時に出る。

ホテルに着き考える。なぜループしているのか。これは我が家がハッピーエンドを迎えるためのチャンスなのではないか。自分が正しい行動をすれば、ループを抜けて息子が開成に受かるということなのではないか。バカバカしいが、もはやそうとしか思えない。確実に「正解」に近づいている感じもしている。

ホテル特有のピピピピという古臭いアラームが鳴る。素早く目を覚ます。スマホの指紋認証を解除する。【1／31　6：55】。前回のではダメなのか。あと足りないものはなんだ？……妻か。

処方院外セフトリ1g78128。妻に電話。早すぎて電車だった。息子に電話する。「お父さんどこでも連れてってあげる。Switch買おう。これからゆっくり色々やろう。お父さん時間のとれる職場に転職もしようと思う。今からでも4月入職は間に合う。教授なんてどうにかする。だから明日、頑張れ」「ありがとう」

さて次は妻だ。息子のあと電話する。「どうしたの？」「明日に開成控えたこんな時に申し訳ないけど、話したいことがあって」。6年間ずっと言っていなかった妻への感謝の気持ちを伝えた。かなり長い間話したと思う。医局もやめて、家のこと手伝おうと思う。今までありがとう。ごめん。妻は泣いていた。

これでクリアしただろうという感覚があった。ホテル特有のピピピピという古臭いアラームが鳴る。ゆっくりと目を覚まし、焦らずスマホを掴み、指紋認証を解除。

【1／31　6：55】。は？

院外1g78128人不動産二度とかけないでください。息子に電話。Switch、転職、教授ファッキン、頑張れ。ありがとう。妻。6年間ありがとう。家のこと。もっといい夫になりたい。ありがとう。ごめん。みんなで号泣。それでまだ16時。あと何だ。クリアに必要なもの……。家族……自分も入れて家族……自分か。

自分自身が今の人生を肯定せねばならない。自分を自分として受け入れよう。それで初めてループを抜けてハッピーエンドに向かえる。そんなふうに直感した。アパ天然水を一気に飲む。考える。自分自身は幸せだったか。開成ではないが名門校を出て、医学部に入って医者になった。これが良いことだったか。

辛いことも多かった。今でも仕事は辛い時がある。でも、世間一般よりは高給をもらっているし、これからそれこそ転職などでQOLを高めることもできる。十分恵まれている。そして、なにより家族がいる。この一連の出来事で初めて家族を大事に思えた。経緯はともかく、息子も同じ職業を目指してくれている。

こんな気分になったことは今までなかった。やりがいのある仕事だ。これで絶対にクリアできる。ああ、医者になって、本当に、良かっ……待て待て待て待て。本当にそれでいいか？　クリアでいいのか？

今久しぶりに息子や妻とじっくり話していい気分になっている。そのままの勢いで自分のことも肯定してしまったが、そもそもずっとこうやって持ち上げられてやりがいを搾取されて、その都度「なんだか、まあそんなに悪くないかな」と思ってなんとなくここまで来たんじゃないか。今までと同じだろこれは。

そもそもクリアして日常に戻ったとしてどうなる？　息子は開成に入るかもしれないが結局また大学受験だし、それで医学部を受けたりするころまでに俺は自分自身の肯定を保てているか？　その道が絶対に良いと自信をもって勧められるか？　今日は感情が昂（たかぶ）ってなんだかエモくなっているだけだ。危なかった。

逆にクリアしようと思えばいつでもできる。うまく肯定すりゃいいんだから。もうしばらくアパホテルで過ごすのも悪くないだろ。気楽だし、全て起きることがわかってるから仕事も辛くない。その気になれば12時前に帰っちゃっていいだろう。午後から飲むか。まん防だから早めに飲まないと店が閉まる。

かなり飲んで寝た。ホテル特有のピピピピという古臭いアラームが鳴る。目を覚まし、スマホではなくテレビをつけ、ニュースの左上に出ている時計を見る。【1／31 6：55】。よし。

その後多分200回以上は1／31をやっている。メモってもループで消えてしまうので正確な回数がわからない。10回目くらいからそもそも病院に行かなくてもいいと気づいてしまい、携帯がうるさく鳴るのを放置して朝から遊びに行って飲んでいる。息子や妻から電話が来ることもあるが適当に答えて切っている。

昼から飲む酒はうまい。ここ数回はボートが熱い。ループで知った結果で爆益してる。まさに宵越せない金なのですぐ使い切っている。風呂に入らなくても1／31朝になれば綺麗になっているのがいい。今が一番人生楽しい。戻りたくない。悪いな、そのうち気が向いたらクリアして開成入れてやるから。

プロ医局　戦力外通告2021

「もう少し（大学で）やれるかなという気持ちはあったんですけどね」。そう答えるのは○○大の助教、33歳だ。後期研修医から育成枠で助教になったが、昨シーズン思わしい結果は出ず、医局長から戦力外を通達された。現在は図書館で自己研鑽しつつ、来月の12医局合同トライアウトに最後の望みをかける。

「私は（本人が）大学で続けたいなら諦めないで欲しいけど、正直不安もある」と話す妻（31）と長女（1）が自宅で待っている。本人を後期研修医の頃から支え続けてきた妻とは地方赴任中に知り合い、助教になると同時に上京。ローンでタワーマンションを購入し、妻は夫をサポートするため家事に専念するようになった。

医局——。元々は病院にある医師の控室という意味の言葉だった。それがいつからか、大学医学部における教授を頂点とした科ごとの巨大組織のことも指すようになった。医師たちは免許を取得後、2年間の初期研修を経て診療科を選び、いずれかの医局に所属する。それが昭和から受け継がれてきたプロの王道だ。

2004年に臨床研修制度が変わり、いわゆるプロ医局再編問題が起きた。医局への入局を選ばない医師も増えてきた。しかし、大学病院はもちろん、様々な関連病院に派遣され臨床経験を積み専門医を取得、大学院入学、博士号取得……と、研究と臨床を融合させた深みのあるキャリアに憧れるかつての受験少年たちには、医局以外の選択肢は眼中にない。

ハリアーに乗り地方のバイト先に向かう本人は運転席から「戦力外と言われてからm3とかに登録して、ぼちぼちオファーももらっているけど、大学と関係ない場所でやる自分がイメージできないんですよね。ずっと大学、大学だったから」とマスク越しに話してくれた。

両親の期待を受け、18歳で国立大に現役合格してから後期研修医として上京、2位指名で入局。将来のエース候補として期待されていた（教授がスピーチする結婚式の映像)。しかしその後の故障もあり、プロとアカデミアの厳しさがのしかかった。海外にチャレンジしたい気持ちもあったが遠く及ばなかった。

バイトから帰路につく本人の表情は硬い。「バイト先の院長から、土日の日当直に入ってくれないかと言われました。ありがたいんですけど今は正直考えられる状態じゃない。トライアウトの準備もしないといけないし……」。家に着くと娘が待っている。「お父さんのお仕事は?」「いしゃ」。夫妻に笑みが溢れる。

「私としては」妻が切り出す。「子供に、大学で活躍している医師のお父さんを見てもらいたいという気持ちもある。その反面、生活のことも心配。これからサピックスだとか、お金はどうしてもかかってくるので」。子供の進路はやはり医者に? 夫妻ともほぼ同時に答える。「そうですね。なってほしいです」

翌日、トライアウトに向けて大学の図書館に自主練習へ。相手役を務めるのは昨年度退局した後輩だ。故障に泣き、現在は様々な病院で多数のアルバイトを掛け持ちしている。いわゆる、「ドロッポ」と称される働き方だ。「う〜ん、先輩まだまだ現役いけるんじゃないかと思いますよ。キレもあるし」「そうかなぁ?」「いや全然いけますよ。トライアウト頑張ってください」

帰り、後輩の乗るＢＭＷ Ｘ４は明らかに自分のハリアーより新しいことに気づく。「このまま大学にしがみついても……家族もいるし、あいつみたいになった方がいいんだろうなというのは頭ではわかっている。でもね……」。押し黙る本人にそれ以上聞くことはできなかった。

トライアウト当日を迎えた。元医局員たちは御茶ノ水の医師会館に集結する。かつて将来を嘱望された医師・研究者たちの最後の希望をかけた闘いが始まる。各医局員はそれぞれ３人と対戦の機会が与えられる。各医局の人事担当だけでなく、医局人事から独立した病院の事務長や院長もスカウトに訪れている。

一人目の対戦相手は、今シーズン東京医科歯科大学を戦力外になった助教(38)、大学からの推定年俸４３０万円(当直料含)。成績不振というよりは、教授との方針の違いから退けられてしまった形のようだ。早速の手強い相手に、駆けつけた家族も応援に熱が入る。「パパー！　よく見て！」「ぱぱ、がんばって」

今日は調子も良く、焦った相手を首尾よく抑えることができた。家族は固唾を呑んで見守る。マスクのためはっきり見えないが、去り際の相手は沈痛の面持ちだった。

二人目は、かつて同じ病院で働いたこともある男だった。今シーズン早々に東大から戦力外通告を受けた大学院生（33）、大学からの推定年俸0万円。

プロの世界では卒業後、医師として何年か働いてから大学院に入学するのは一般的だ。いわば虎の穴のような学業と研鑽の場で数年間の臥薪嘗胆（がしんしょうたん）の日々を過ごし、晴れて卒業できれば博士号を得る。院生は身分としては学生のため、当然年俸は支払われない。研究とアルバイト、医局の後進指導などに明け暮れ、立志伝中の人となる。時には海外への道も開ける。

この二人目は初期研修の同期で、以前は学会で若手奨励賞を取るなど今後を期待されていた。しかしプロの壁は高く不振にあえぎ、希望していた海外挑戦も難しくなった。その中での戦力外が追い打ちをかけた。「彼は私たちの結婚式にも来てくれた仲なんです……だいぶやりづらいと思います」。妻は心配そうに見守る。

過酷な院生生活のためか、明らかにコンディションも悪い相手は精彩を欠き、揺さぶりながらかなり余裕を持って抑えられた。アピールも十分だ。家族に安堵の表情が見える。スカウトの目が光り、何かをメモしている。相手医局員は、東京大学と刺繍された白衣を脱ぎ、中央に一礼し足早に会場を後にした。あと一人。3−0で終えたい。

三人目。緊張が走る。12医局のものではない白衣。UCLA Department of Surgeryと刺繍された白衣を纏う相手は、数年前に九州大学からメジャーに移籍し戻ってきた元特任講師（41）だ。今回のトライアウトの目玉で、報道陣もにわかにシャッターを切り出す。現在は独立系の病院に所属し、推定年俸１９５０万円。

元々彼は不振で医局に戻れなかったのではない。メジャー挑戦中に教授が交代し、諸事情により戻る場所を一時失っただけだった。トライアウトを受けずとも他大から声がかかる可能性はあるが、それでもトライアウトに出る所や、あえて現在の所属でなくUCLA白衣で来る所などに揺るぎない自信が見て取れる。

今日最強の相手に緊張の色は隠せない。サインに何回か首を振り、覚悟を決めたようにポジションに入る。スカウトたちの視線はUCLAに集中している——。フルカウントまで粘ったが最後は崩されてしまった。妻の「ああー」という声が医師会館4F会議室に虚しく少しだけ響き、本人は上を見上げ汗を拭った。

「やりきったと思います。できれば3-0で終わりたかったけど、2-1でも上出来」。

獲得したい医局が出てきた場合、トライアウト1週間後までに連絡が来ることになっている。片時も電話から離れられない数日になる。「皮肉ですね、この間まで電話が大嫌いだったんですけど、今は心待ちにしているなんて……」

期限まであと3日。電話は鳴らない。同じトライアウトに参加した元医局員が別の医局に入局を決めたという情報も入ってくる。UCLAは阪大が獲得した。いてもたってもいられず、後輩と自己研鑽のため図書館に向かう。「ずっと待ってると煮詰まってくるんで、勉強して紛らわせます」。表情に疲れは隠せない。

帰宅後、伸芽会のパンフレットを読んでいた妻と話し合う。「もし連絡が来なくても、自分は大学にこだわりたい」「たとえば遠いところだったら？　応援してあげたいけど、私たちの生活や教育のこともあるし、長い間は難しいよ」「うん……」「収入が全てではないけど、そういうことも考えてほしい」「そうだね」

あと2日。バイト先に向かう本人は日当直の話を受けることにしたと話す。「ずっと動かないのも自分も辛いし、やっぱり今できることをやるべきかなって……」。その時、（♪美しく青きドナウ）電話がついに鳴った！「もしもし、はい、お疲れ様です。はい」

（CM）

命と向き合い、外科医として生きる。

To live as a surgeon：looking life in the eye

JSS 120th

この番組は、日本外科学会の提供でお送りします。

「ずっと動かないのも自分も辛いし、やっぱり今できることをやるべきかなって……ドロッポという選択肢も少し考えている。バイト先からも常勤でもいいとは言われていて……」。思わず娘にも問いかけてみる。「パパが、大学の先生じゃなくなってもいいかな？」「……？」「ハハ……子供はわからないですもんね」

自分が経験したことのない、医局を辞めた医者の生活とは一体どういうものなのか、後輩に電話で聞く。「私も正直……もうそのほうが安心かなと思ってます。遠い大学になったりしたら、ついていくことには不安がありますし」と妻。その時、（♪美しく青きドナウ）電話がついに鳴った！「もしもし、はい、お疲れ様です。はい」

「はいありがとうございます、ぜひ詳しく教えて頂ければ……」。どうでしたか？「結構意外だったんですけど、製薬かＣＲＯで働いてみないかという話でした。全く経験がないんですけど……期限ギリギリまで大学からの連絡は待ちたいと思いますが……」。製薬会社のＭＡ（メディカルアフェアーズ）という予想外の話に、気持ちは揺れる。

その後も立て続けにもう一つ連絡が来た。地方私立医大の助教のオファーだった。ほぼ無給に近いが、大学に拘る本人には有難い話だ。ただし、自宅のある豊洲から通うことは不可能だ。「ＭＡならこのまま生活できるんでしょ？」「そうだけど、臨床とも研究とも違う仕事になる」「私たちは引っ越せないよ」

期限の日。私大の話を受けるのならば、今日までに返事しなければならない。「もしもし。平素より大変お世話になっております。はい、はい、申し訳ありませんが……」。どうしたんですか？「断りました。単身赴任はできないし、子供を連れて行ったとしても入れる塾もないし……製薬かドロッポで決めたいと思います」

「つまり引退ってことです。もちろんこれからも医者ではありますけど、自分の中では引退みたいなものですね」。そう言って大学の刺繍が入った白衣を畳んだ彼の後ろ姿は清々しかった。二ヶ月後、製薬会社のオファーは受けず、元々のバイト先の病院の常勤になったと連絡があった。

年間、何十人もの医局員が大学から戦力外を通告される。彼ら全員に、夢、家族、そして生活がある。明日を掴もうともがく彼らの闘いを追い続けるドキュメンタリー

——プロ医局 戦力外通告——（完）

全てをお話しします

ｐｈｏです。全てをお話しします。この度は突然Twitterをしばらく不在にし、交流頂いている方にはご心配をおかけし申し訳ありませんでした。まずは謝罪させて頂ければと思います。また、なぜこのような事態となったかを説明しなければならないと思いますので、長くなりますがお読み頂ければ幸いです。

そもそもの始まりは、自分がA先生と今から約2年前に再会したことです。学校名は伏せますが、A先生と自分は高校で先輩後輩の関係でした。A先生とたまたま職場で再会し久々に話そうということで、コロナ禍もあってまずは二人だけで飲みに行ったところから、今回の一連の少しゆがんだ流れが始まりました。

A先生は臨床医ですが、副業で産業医もしていました。彼は昔から少し変わっていて、今風にいえば正に陰キャでした。高校時代、ボソボソ話す彼が急に熱く語りだすのはカウボーイビバップとかヘルシングとか、「ちょっと普通とは違うぜ」って気取ってる、普通のオタクど真ん中」みたいな話題ばかりでした。

流石（さすが）にかなり年月が経ったからか彼も落ち着いたようで、新宿三丁目のよくわからないバーで一緒に飲んでいる時には昔の電撃文庫の話とかはしていませんでした。数年前に結婚し子供もいて、なかなかこうやって飲みに来る機会もないんだと、まるで俺は昔から普通だったんだぞみたいな顔で言っていました。

妻子がいてなかなか飲みに行けないのは自分も同じでしたが、こちらは最近は自動車事故のYouTubeを見るくらいしかしていなかったので特に面白い話もなく、彼ばかりがよく話す飲み会でした。解散も近くなった頃、彼は、他の産業医と情報交換がしたいけどあまりそういう機会がないんだと語り始めました。

正直、「知らねぇよ」と思った自分は、半ば投げやりにSNSを勧めました。俄然興味を示した彼は、facebookはやっているけどあまり交流にはなっていないと言うので、じゃあTwitterはどうですかと勧めました。リプライなどのハードルが低いので、ちょっとそれっぽいことを書けばすぐ交流できるのです。

自分もTwitterでそこそこフォロワーがいたことがあるので、多少はSNSでのテクニックというか、うまく交流を増やしていくことに関しては自信がありました。彼に滔々とそのあたりの戦略を話していたところ、気づけば彼は神妙な顔をして、まるで高校時代のようにボソボソと自分に質問をしてくるのでした。

結論としては、A先生は交流を増やしたいけど、Twitterでうまくやる自信はないようでした。思えば彼は高校のころからこんな感じでした。知識量マウントは凄くするくせに、自分が詳しくないジャンルの話になると急にしおしおとしてしまうのです。そんな様子を見て今度は自分の加虐心が膨らんできました。

酒の力に加えて、さっきからさんざん年収自慢をされていたこともあって、ちょっと一矢報いてやろう的な気持ちがあったのも事実です。自分は「先生のTwitter、代わりにやりましょうか？　ちょっとお金とかは頂きたいですけど」と彼の目を見て言いました。そんなに稼いでいるんだから屁でもないでしょと。

自分は半分冗談のつもりのままで解散しましたが、次の日にA先生から本気っぽいLINEが来て、本当に進めていくことになりました。相談の末、ちょっといいホテルに泊まれるくらいのお金を毎月A先生からもらって、自分がフォロワーを増やすようなツイートをしていく、というような約束になりました。

A先生が大昔に作って放置していたアカウントを、自分がそれっぽく作り直しました。名前は良かれと思いA先生に決めさせましたが、産業医は英語でOHPだから、その逆は?と、中学生のマイクラのゲーマータグみたいな決め方で決められてしまいました。3文字では検索性が悪いし、SEO的なこともできません。

検索してもベトナムの麺ばっかり引っかかるとか、そもそも読み方はどうするのか?などと諭してみたのですが、今やA先生は自分の依頼主なので、あまり強くは言えませんでした。とにかく、こうしてできたのがこのphoというアカウントです。

分業体制でのツイートが始まりました。自分は界隈を一通りROMり、「普段はふざけてるけど急に真面目になる」のが一番人気を博しやすいと考えたので、自分が面白そうなふざけツイを担当、理屈っぽいA先生が真面目ツイを担当、としました。A先生は忙しいので、頻度的にも丁度いいのではと思ったのです。

自分がパスを出し続けてA先生にシュートを打たせる。そんなイメージの分業でしたが、フォロワーが3桁台の時はなかなか成果に繋がりませんでした。もともと交流がメインの目的なのでリプライはA先生が担当していましたが、結局コミュ障だからあまり返せないし、返したとしてもやたら感じが悪いのです。

人に平気で「は？」とかリプライしてしまう彼に自分はたびたび頭を抱えました。こういう感じの悪さは天性のものがあり、残念ながら直すとかそういうものではないのです。結局、リプライについても自分がアシストするようになり、1000フォロワーを超えた頃からはわりと順調に交流が進んでいきました。

それまで真面目ツイといってもやたら尖るだけのような感じだったA先生も段々こなれてきました。時に（理屈っぽいけど）割と面白いツイートも見られるようになり、幽遊白書ネタなどもやり始めたので、自分も独自色を出さないといけないなと思ってヒップホップのリリックを引用し続けたりしてみました。

すると、今まで特に何も意見してこなかったA先生がＬＩＮＥで要望を送ってくるようになりました。「自分の守備範囲外のネタはやめてくれ、あまり独自色を出しすぎないでほしい」。ネット上と実際の自分自身との乖離が進んでいくので、皆さんとリアルで会った時に困ってしまう、バレてしまうということでした。

自分は、藤子不二雄みたいにやれればいいかな、向こうがA先生だからこっちはFかな?など呑気に考えていましたが、この頃から二人はギクシャクしてきました。よく考えれば藤子不二雄すらも結局ソロに別れたわけです。彼は、自分が医者の世界に関してふざけたようなネタを書くのが特に嫌だったようです。

ただ言わせて頂くならそれは仕方なくて、自分は産業医のことなんてよく知らないし、そもそも医療のことも自信を持って書くことは出来ません。この辺りは付け焼刃の知識で書いても簡単に見抜かれてしまい、ニセ医者疑惑がかかったりして交流どころではなくなるので、ネタ全開にするしかなかったのです。

まぁ、ニセ医者疑惑っていうか、自分は医者じゃないんで疑惑というか半分真実になるんですけど。A先生と職場で会った、っていうのは彼が産業医として来ているウチの会社のことです。説明不足ですみません。また、この頃からは度々オフの誘いが来るようになり、どうしたものか我々は非常に悩みました。

A先生は基本的にコミュ障です。くもんの国語は全クリでも、実際に人と会ったらよく知っていて慣れている人以外とはうまく話せませんし、ネットミームでのテンプレ会話みたいなのばかりで口下手です。自分は彼よりは色々と話せますが、医療関係のことは話せません。書くことはできても、話したらバレます。

まったくオフに出ないのでは、交流目的で始めたのに本末転倒です。やむを得ず、場に応じてどちらが出席するか使い分けることにしました。医者や医療関係者が多そうな時はA先生が出て頑張り、そうじゃない時は自分が出る、ということにしました。自分は気楽でしたけど、A先生は毎回辛そうでした。

また、なるべく1対1など少人数で会うようにしました。「違う自分に会った人」同士がカチ合うのを避けるためです。もはや隠す意味もないので書きますが、ワインっぽいのを飲むのが先生、ウイスキーっぽいのを飲むのが自分です。あとYシャツっぽいの着てるのが先生、Tシャツっぽいの着てるのが自分です。

オフ会以外も分業です。リプライは基本A先生でたまに自分、DMは相手によりどちらが返信するかバラバラでした。スペースなど声がバレるものに関しては原則は先生がやってましたが、自分はたまにカラオケをすることもありました。これも彼には不評でした。noteは両方が記事を書いており、売り上げは配分していました。

A先生が頑張って書いたTwitter文学もどきがバズった効果などもあってか、今年前半にフォロワーが1万人を超えました。この頃から、自分と先生は度々口論をするようになりました。あまりにもお互いのツイートの方向性が違ってきてしまっていたのです。やはり二人でやるのは無理だったのかもしれません。

先生表記が面倒になってきたのでＡと書きます。Ａは真面目くさって精神科や産業医のことを書いてリスペクトを得たかったっぽいですが、自分にもこのアカウントのコア部分は俺だぞという自負がありました。だから反抗するかのように、ほぼ誰もいいねしないのにBAD HOPのリリックネタを乱発したりしました。

Ａが自分の子供を題材にツイートすれば自分も子供ネタを書いて対抗しましたし、逆に向こうが突然ヒップホップを聴き始め「あれから20年かかってこんな有様」とか書きだした時は驚きました。動機はどうあれ、お互いが対抗心を持ってツイートしていたこの時期は傍から見れば楽しかったのかもしれません。

９月下旬ころでしょうか。Ａから深刻なトーンでＬＩＮＥ通話がかかってきました。今後は真面目に医者のアカウントとして運用したいので、一人でやりたい。もう書かないでほしい、とはっきり言ってきたのです。本来は自分がＡからの依頼でやっていたのですから、Ａの希望があるならすぐに引き下がるべきでした。

ただ自分はちょうど数日前に、自分が「担当」するオフに行き、結構医者っぽい話になってしまって相当焦り、酔っ払ってバカになったフリをしてどうにかやり過ごす、という苦労をしたばかりでした。それで、今さら手を引けと言われたことにカッとなり、電話口でAに対する不満をぶちまけてしまいました。

「真面目なアカウントになりたい」って何すか？　なら最初から自分一人でやればよかったじゃないですか。こっちは端金（はしたがね）で頑張ってツイートしてんのに、そんな真面目にやりたいんなら、自分のfacebookとかLinkedinで勝手にやればいいじゃないですか。一人じゃ別に面白くないって気づくの怖かったんでしょ？

それこそよく知らなかったんですけど、医者の世界だと後輩がこんなに先輩に反抗することってまずあり得ないみたいですね。だからなのか、Aはかなり怒ってしまったようで、しばらく無言のままで重苦しい空気がスマホ越しに流れたあと、通話は唐突に切れてしまいました。LINEは未読無視になりました。

口論はしたことがあれど、ここまでのことは初めてです。今までTwitterのパスワードは共有していましたが、登録アドレスはAのものです。オタクで根み深いAがきっと次にとる行動は一つ、パスワードを変えてしまうこと。しかし、その月分の報酬は振り込まれたし、パスワードも変えられていないようでした。

意外とパスワード変える気ないのかな？と思い、自分は今まで通りにツイートを続けました。10月4日、舐達麻（なめだるま）が大麻で逮捕というニュースがありました。去年逮捕された時と同じく「舐達麻が大麻やってたなんてショック」という定番ネタをツイートしようとしたところ……ログイン出来なくなっていました。

最近自身も舐達麻を聴くようになったっぽいAが何かの意図をもって決別をこの日にしたのかどうか全く分かりませんけれども、きっと彼なりの考えはあったんでしょう。このままアカウントは使えるだろうと根拠もなく油断していた自分は割と衝撃を受けてしまいました。

自分から彼に話すのも何だか負けた感じがするので、しばらく様子を見ていました。すると、いつも1日3ツイート程度はしていたAが、パスワードを変えて以降はほぼ全く呟かなくなってしまいました。当然自分はログインできないし向こうも書かないので、人から見れば急に消えたようになってしまいました。

長くなりましたが、このようにしてTwitterを不在にすることとなりました。皆様にはご心配おかけしました。さて、自分はもうどこか諦めていました。おそらくAはもうこのアカウントごと消えるつもりだろう、コントロールが利かなくなったアカウントを永久に封印するという形で決着をつけるんだろう、と。

昨日突然、今まで未読無視だったAから連絡がありました。パスワードを渡すからアカウントは好きにしてくれて構わない、というお話でした。全く予想していなかった展開に自分は再び衝撃を受けました。心境の変化があり、A一人では今までのようにツイートすることはできないと実感したということでした。

半信半疑でしたが、ログインでき、このように書くこともできています。パスを変更し登録アドレスも変えてよいとのことだったので変えました。Aの中でどういう気持ちの変化があったのでしょう。邪推ですが、目的だった交流やリアルの付き合いは作れたので、もうTwitterはいいやと思えたのかもしれません。

復帰して早々このような長文で申し訳ありませんでしたが、経緯は説明しなければと思ったので、書かせて頂きました。今後は自分一人で運用することとなり、残念ながら医療関係のネタはなくなるかと思いますが、皆様におかれましてはどうぞ引き続きよろしくお願いいたします。オフにも呼んでください！

はい。わざわざ無駄に長々とありがとう、お疲れ様。パスはリセットできた。電話番号削除しないアホが悪い。「F先生」なら書いてくれると思ったよ。長いの書きたいって言ってたから対抗心で書くと思った。今まで散々好き勝手にツイートしてくれてどうも。今日のに免じて、今月分までは払うからさ。

黙ってた間ずっとツイート遡って読んでたんだよ。お前が書いてくれた通り俺はオタクで恨み深いんだよ。お前の聴いてる音楽やら通ってきたっぽい文化やら一通り全てなぞってみたわ。スタイルも込みで大体お前っぽいツイート書けるよもう。「お前と俺で俺になる」んだよ。実力は努力の数だろ？

なにがオフにも呼んでください！だ、おっさんが媚びやがって、恥ずかしくねぇのか。ｐｈｏはそんなこと言わないんだよ。2年もやっててキャラ忘れたのか？　もう俺一人でやれるから書かなくていいよ。お前なら、こういう時は適当にKAWASAKI DRIFTの改変リリックでも書くんだろうな。毎回毎回飽きもせずに。

facebookにLinkedin？　そんな所いられるか。コミュ障なんだよ。コミュ障でネットミームのテンプレしか出来ないからTwitterしかない。リアルがうまくいってない俺にはTwitterしかない。捨てると思ったか。こっちは遊びじゃねぇんだよ。お前みたいにタイムラインでいつもボケてるポンコツじゃない。

こっちからメアドは変えられるけど、変えないでいてやるからまたパスはリセットしてもいいよ。自信あるなら好きにツイートすればいい。オフもそっち向きのに勝手に出れば。でも多分もうお前じゃ勝てない。俺ら無理だ、お前如きじゃ。じゃあな。もう二度と会いたくないけど、会社で会ったらその時な。

窓際三等兵

@nekogal21

（まどぎわさんとうへい）

早稲田大学社会科学部卒、42歳中年男性という設定のTwitterアカウント。２０２１年からツリー形式の小説の投稿をはじめ、麻布競馬場とともに「Twitter文学」ブームを牽引する。作家・外山薫の父親の息子。

本当に欲しかったものは、もう

「夏休み、パパが東京にミュウの配布会連れてってくれるって！」「いいな！　てかポケモン青、いつ届くんだろ」。チャイムの音と共に騒がしくなる教室で、目を輝かせる友人達。小学校の話題の中心はいつもポケモンだった。僕は一人、いつも下を向いていた。ウチにはゲームボーイも、スーファミもなかった。

「ファミコンは目が悪くなるから」。僕と弟がゲームをねだるたび、母は困った顔をして、でも決して折れなかった。図鑑、世界名作全集、蟻の観察セット。サンタさんは毎年、僕のリクエストを無視して高島屋の包装に包まれた立派なプレゼントをくれた。少しも嬉しくないのに、喜んだふりをするのが辛かった。

銀行員の父が毎晩遅くまで働く中、短大卒で専業主婦の母は気負っていた。お菓子は手作りで、床にはチリ一つなく、洗濯物はいつも綺麗に畳まれていた。彼女の信じる理想の子育てとはつまり公文とスイミングとピアノのローテーションであり、ゲームボーイみたいな退廃的な娯楽が入り込む余地はなかった。

　大人にとっての理想の息子は、子供の世界では異物でしかない。ポケモンの話題についていけない僕を待っていた疎外感。クロールのタイムが速くても、小学生で因数分解ができても、誰も僕に関心を持ってくれなかった。みんな、放課後は通信ケーブルを持っている田中君の家に集まり、通信対戦に夢中だった。

　ドラクエもＦＦもクロノトリガーも、テレビで友達のプレー画面を見ているだけで我慢できた。でも、ポケモンは違った。ゲームボーイの画面は小さく、見ようとすると「近いんだけど」と邪険に扱われた。通信対戦で盛り上がる友人達のそばで一人、本棚の古いコロコロを読んでいた。涙をこらえるのに必死だった。

　お小遣いを貯めて、ポケモンの攻略本を買った。隅から隅までボロボロになるまで読み込んだ。技マシンの番号と技名を全部覚えた。全ポケモンの進化パターンもそらんじた。でも、そこには僕が動かせるピカチュウもミュウツーもいない。むしろ虚しくなるだけだと気づくのに、そう時間はかからなかった。

大人になった今だから分かる。健全な物に囲まれ、誘惑に負けることなく健やかに育って欲しいという母の想いは、世間では愛と呼ばれるものだ。僕が社学とはいえ早稲田を出て、それなりの企業に勤めているのは母の愛のおかげだ。でも、幼少期に満たされなかった想いは、渇きは、今もまだ確かに残っている。

「うわ、バイオレットだ！　やったー！　パパ、ありがとう！」。朝、リビングでAmazonの箱を開けて大はしゃぎの息子。「誕生日でもクリスマスでもないのに。まだサピックスの宿題も終わってないのよ」としかめっ面の妻。これは息子のためでなく、僕の傷を癒すための儀式なんだと言っても理解してもらえないだろう。

「そういやα1のケンタ君、家にSwitchないんだよ。ママが厳しいんだって。可哀想だよね」。息子の何気ない一言に、鼓動が速まる。子供の世界の共通言語を持たず、母親の監視の下で偏差値を上げるためデイリーサピックスを黙々と解く小学生男子。顔も知らないケンタ君の日常を想像するだけで、胸が締め付けられる。

深夜、家族が寝静まったタワマン低層階のリビングで一人、Switch の電源を入れる。ニャオハがマスカーニャまで進化しても、チャンピオンロードでオモダカを倒しても、驚きや喜びを共有できる友人はどこにもいない。プレミアムモルツを一口飲む。僕が本当に欲しかったものは、もう二度と手に入らない。

新釈　三匹の子豚

むかしむかし、ある所にお母さん豚と3匹の子豚がいました。お母さん豚は「あなたたち、そろそろ家を出なさい。実家で暮らす男は婚活市場で地雷扱いされるし、子供部屋おじさんになられても困るわよ」と、子供たちの独立を促しました。愛する我が子をあえて突き放す――それが彼女なりの愛情表現です。

長男の子豚は賢く、東工大を卒業し日本生命でアクチュアリーとして働いています。勉強熱心な性格で、本棚にはタワマンバブルの崩壊を予告する本がずらりと並んでいます。「人口減少が続く日本で借金を背負って家を買うなんてリスクが大きい、空き家問題は将来深刻になる」と、購入ではなく賃貸を選択しました。つみたてNISAとiDeCoで老後に向けた資産形成もバッチリです。

次男の子豚は明治卒でNTT子会社勤務。おっとりした性格で、「周りのみんなも買ってるし」と、大学の同級生や会社の同期に流されるがまま六郷土手駅徒歩9分の戸建を買いました。駅から少し歩きますし、20坪の狭小邸宅は少し窮屈ですが、贅沢を言っても仕方ありません。晩酌は発泡酒、子供の習い事は公文と少年野球。休日は少年野球のコーチで大忙しです。

三男の子豚はパリピ。慶應ではテニサーの副代表を務め、博報堂に就職後ほどなくデキ婚して湾岸にタワマンを買いました。「どうせ五輪後に暴落するぞ」「住宅ローンは年収の5倍におさめたら」という、兄たちの助言はガン無視です。「刹那的に今を生きる」、それが福沢諭吉が教えてくれた学問のすゝめ。

最初に異変が訪れたのは長男の子豚でした。なんと、社内結婚した一般職の妻が「子育てに向き合いたい」と言って仕事を辞めてしまったのです。専業主婦で暇を持て余すようになり、堅実だった妻は変わってしまいました。「吉祥寺に住みたいな」「娘は私立小学校に通わせたい」。浪費欲が止まりません。

いくら日本生命が高給とはいえ、限度があります。ピアノ、バレエ、ジャックス幼児教育研究所。娘は見事に早実初等部に合格しましたが、家計は赤字寸前です。加えてアベノミクスと異次元金融緩和により都内の不動産価格は高騰。いまさら家賃が勿体なくなったから家を買おうと思っても、吉祥寺ではとても手が出ません。

学校に近い国分寺への引っ越しを妻に打診しますが、「嫌よ、私にだって友達付き合いがあるし、井の頭公園から離れるなんて」と聞く耳を持ちません。もし家を買っていれば、今頃数千万円の含み益を抱えて、毎月20万円を超える家賃の支出も資産形成になったのに――。いくら悔やんでも、もう後のまつりです。

次男の子豚にも災難が訪れます。推薦で野球の名門高校に進学した息子が、投げ過ぎで肘を壊してしまったのです。勝利至上主義の弊害、高野連の犠牲者。野球少年から野球を取り上げて、一体何が残るというのでしょうか。居場所を失った水は低い方に流れ、夜な夜な川崎駅前でたむろするようになります。

次男の子豚は、昔から鷹揚な性格でした。「若い頃に多少ヤンチャしても、そのうち落ち着くさ」。そんな態度が、裏目に出ます。いや、次男は気づいていました。ただ、認めたくなかっただけなのです。仕事を言い訳に思春期の子供の心の変調から目を背け、家庭から、そして現実から逃げていたということを。

かりそめの平穏はある日、前触れもなく崩壊します。深夜の川崎警察署からの着信、取り乱す妻、家庭裁判所での審理――。少年法で保護される未成年とはいえ、犯した罪が消えてなくなることはありません。日曜日に多摩川緑地の野球場で親子2人、日が暮れるまでキャッチボールしていたあの頃にはもう戻れません。

三男の子豚は順調でした。タワマンの含み益は年を追うごとに右肩上がりで上昇。ミス青学ファイナリストの妻似の娘は、ひよこクラブの赤ちゃんモデルに選ばれるほどの愛くるしさ。週末、ららぽーと豊洲のドッグランで小型犬を走らせる一家の姿は、現代日本における成功の光景(シーン)となる象徴(シンボル)でした。

しかし我々が想像している以上に、現代社会における「成功」とは薄氷の上に成り立つような、頼りなく不安定なものでした。キャリアアップを目論み外資系ＩＴ企業に転職した三男の子豚でしたが、突如、米国本社が買収されます。私文卒でソースコードを書けないため、瞬く間にクビになってしまいました。

「昼から酒飲んで年収1200万とか、クビになって当然ｗｗ」。インターネット上では、自分より恵まれた人間の転落劇に拍手喝采を送り溜飲を下げる哀れな子羊達の投稿がバズり散らかしています。嫉妬と悪意が渦巻く、混沌のるつぼTwitter。人々の声を世界に届ける目的で誕生したSNSをこんな醜い場所にしたのは、一体誰？

嫉妬、悪意、無関心、優越感。人の心の暗部に潜む、後ろ暗い感情。そう、現実世界に狼なんていません。私達の心に巣食う、暗闇を好む狼が子豚達の家を襲ったのです。下劣で扇情的なTwitter文学を書く私の心にも、そんな低俗なものを喜んで拡散するあなたの心にも、狼は住んでいます。違いますか？

では、子豚達の人生は失敗だったのでしょうか？　いえ、そんなことはありません。母豚が子豚達に贈ったのは立派な学歴でもマンションの頭金でもなく、困難に直面し傷つき倒れても、歯を食いしばって立ち上がる姿勢でした。ＳＤＧｓでも謳われる、レジリエンス（強靭性）。子豚達は、決してへこたれません。

長男豚はパートでもいいから働くよう、妻を説得しました。併せて一橋大学の社会人向けＭＢＡに通い始めます。専門職に甘んじず、経営に携わる事で収入を上げるという挑戦です。相変わらず家賃は垂れ流しだし、娘は「大学は国際教養学部で海外に留学したい」と言い始めて家計は綱渡りですが、男として覚悟を決めました。

次男豚の住む一軒家。息子の部屋の壁にあった無数の穴は塞がれ、沈黙が支配したリビングの冷たい空気は徐々に、しかし着実に温度を取り戻しています。過去をなかったことにはできません。でも罪と向き合い、親として共に歩むことはできます。息子は新しい夢が見つかったと、定時制高校に通い始めました。

三男豚はタワマンを手放し、上石神井駅徒歩8分のマンションに引っ越しました。苦労の末に見つけたＳａａＳ系企業の営業は歩合制で、安定ともインスタ映えするカフェテリアとも縁遠い生活です。しかし、それでも三男の目は輝きを失っておらず、前を見据えています。子役になった娘はチョイ役でドラマに出るようになりました。

　子豚や孫豚たちの奮闘ぶりを、お母さん豚は目を細めて見ています。賃貸が賢い、一軒家が安心、タワマンこそ至高——。そんな単純な「正解」はないと、彼女は最初から知っていたのです。大事なのはどこに住むかではなく、そこでどう暮らすかです。大切なことに気づいた子豚達の将来に、幸多からんことを。

ベストセラー作家になった妹へ

「お姉ちゃん、私、博報堂のインターン受かった！」。妹の笑顔を見た最後の瞬間から、もう9年が経ちました。慶應に、博報堂に、そして東京という街に狂わされた妹の乾いた魂は救われることのないまま、今も夜の港区を彷徨(さまよ)っています。東京など知らない方が、あの子は幸せになれたのではないでしょうか。

岡山県倉敷市水島。鈍く光る鉄パイプがどこまでも続き、潮風に乗って油の匂いが届く街で私たち姉妹は生まれ育ちました。ベランダに干した洗濯物に鉄粉がつくこともある、クリーム色の壁の集合住宅。化学メーカーの工場に勤める父と専業主婦の母、娘2人。地方の平凡な幸せを絵に描いたような暮らしでした。

昭和の残り香が漂う平成初期の時代にあって、父は珍しいタイプでした。給与をパチンコで溶かすこともなく、酒も煙草もゴルフもせず、週末は白いランサーで家族を水島緑地の公園まで連れてきてくれました。芝生に広げたピクニックシートで食べた、母が作ったサンドイッチ。ほんのり太陽の匂いがしました。

父の爪はいつも油で汚れていました。それは工業高校を卒業してすぐに現場で働き始めた父の勲章であると同時に、石鹸でも拭い取れぬコンプレックスとなっていました。「お前たちは頑張って勉強して、俺の見えなかった世界を見てくれよ」。鷲羽山（わしゅうざん）から見る水島コンビナートの夜景を前に語る父。その横顔はどこか寂しそうでした。

自分達の人生を子世代の礎とすべく、進学費用を積み立ててくれた両親の愛情と期待。それに応えるべく、妹は必死でした。私が指定校推薦で青山学院に入った2年後、一般入試で慶應の法学部政治学科に合格。日吉キャンパスの入学式の日、父の目には涙が浮かんでいました。私が3年生になり相模原キャンパスから渋谷に移るのを機に、2人で芝浦の築古2DKをシェアしました。

東京で現実と折り合いをつけて程々にやっていこうとする私と違い、妹は真剣でした。1年生からビジコンに参加しつつ、サークルの先輩のツテでフジテレビでバイトをして、寝る間も惜しんで東京という街に馴染もうとしていました。彼女がマスコミという分かりやすく華々しい世界を目指すようになったのは、自然な成り行きでした。

私が日立子会社に内定し、早稲田社学の同期と付き合い始めた後も、妹は慶應という靴を履き、東京という街を全力で駆け抜けていました。部屋のガラステーブルに置かれた広告批評、本棚に並ぶ岡康道の本、電通マンの名刺が色別に分類された名刺ホルダー。なんとかして爪痕を残したいという、痛々しい想いが詰まってました。

3年生の夏。テレ朝のインターンに落ち、電通クリエーティブ塾に落ち、絶望の淵に立たされた妹が最後に引っかかったのが博報堂でした。「毎年、インターン生から青田買いしてるんだって！」。倍率数百倍の狭き門を突破したという高揚感に包まれた妹の目には、根拠のない自信と、この街で成功を掴むんだという野望の炎が熱く、儚く揺らめいていました。

地方から上京し、大手広告代理店に才能を見出されて敏腕コピーライターに——。そんな淡い夢、見ない方が良かったのかもしれません。幼稚舎出身の慶應生の洗練されたセンスも、東大理系院生の頭脳も、早稲田商学部のコミュ力やアルコール分解能力も持たない彼女は、インターン生の中で埋没しました。

結局、インターン採用で箸にも棒にもかからず、それでも博報堂のインターン試験を突破したという中途半端な成功体験が足枷となり、マスコミ一本という戦略で臨んだ就活は玉砕でした。親に頼み込んで就職留年したものの、それでも満足のいく結果は得られず、結局、ショボいｗｅｂコンテンツ制作会社で働くことに。

私が結婚してルームシェアを解消した後も、妹は芝浦に、いえ、港区にこだわり続けました。博報堂のインターン同期が次々とＪＡＡ広告賞に名前を刻み、カンヌ広告祭の出張報告をインスタに上げる中、麻布十番の雑居ビルの一室でコタツ記事サイトの扇状的な見出しを編集する自分の惨めな境遇から目を逸らしたかったのでしょうか。

やがて、肥大化した自意識とＳＮＳでバズる技術を身につけた妹の暴走が始まります。慶應、タワマン、僻地配属。Twitter で拡散されやすいキーワードをちりばめた軽快で陰のある文章は、自分より恵まれた経歴の人間が自分より不幸であって欲しいという負の大衆心理を掴み、ネットという大海で荒ぶる暴風雨となりました。

一つの時代を創った妹のことは凄いと思います。けれど、これは果たして郷里の父が、何より彼女が本当に望んだ結果なのでしょうか。執筆に専念するために会社を辞め、ネタを収集しようとTinderで慶應卒独身男性とのマッチングに勤しむ日々。芝浦の築古1KでTwitter文学を量産する姿は、とても父には見せられません。

私は平凡な人間なりに、東京という街に呑まれることなく程々の幸せを模索しています。流山にマンションを買いました。共働きで時間に追われながら、2人の子供を育てています。妹の描くTwitter文学のような刺激も起伏もないけれど、それで良いじゃないですか。何者とやらになることって、そんなに大事ですか？

昨日発売された妹の本を読みました。繊細な文章の、色彩豊かな描写の、鮮やかな比喩表現の、その一つ一つが、私には彼女のSOSのように映りました。魂を燃やして紡ぐ文章、その業火が彼女自身を燃やしていることに誰か気づいているのでしょうか。彼女も今年で31歳。もう港区とか言っている歳じゃないはずです。

彼女が著書でダサい街だとこき下ろしながらも、そこにある規格化された幸せを切なく描いた流山おおたかの森。3年前、私達のマンションで生まれたばかりの娘をぎこちなく抱いた妹は、あの時、何を考えていたのでしょうか。姉として、そして家族として。私は今日も一人、「麻布競馬場」という仮面の下に隠れた彼女の表情に笑顔が戻ることを祈っています。

麻布競馬場

@63cities

（あざぶけいばじょう）

1991年生まれ。慶應義塾大学卒業。著書に『この部屋から東京タワーは永遠に見えない』。

Twitter 童話　アリとキリギリス

　昔むかし、港区にアリとキリギリスが暮らしておりました。アリは桜蔭から東大落ち、キリギリスは広島あたりの女子高から指定校推薦で、それぞれ慶應の法学部政治学科に同期入学しました。アリは律法会でチー牛たちと真面目に学び、キリギリスはチャラサーとして有名なテニサーで楽しく遊んで暮らしていました。

　二人は何となく選んだスペイン語の授業でたまに会う程度で、その割にテスト前になると図々しくノート貸してと頼みに来るキリギリスのことをアリは疎ましく思っていました。しかしそれと同時に、いつも学食のテーブルをいくつも占領するほどの友達がいるキリギリスのことを、少し羨ましくも思っていました。

　キリギリスはキリギリスで焦っていました。元の顔がいいので顔選考じみたテニサーの新歓こそクリアしましたが、ふとトイレで鏡を見ると眉は濃く描きすぎだし、メイベリンで引いたアイラインは太すぎてツタンカーメン王のようだし、東京生まれ東京育ちの同期と比べると、自分はひどく垢抜けていないように感じました。

キリギリスは雑誌を読み、バイトをしてコスメや服を買い込み、次第に垢抜けてゆきました。かわいい同期の女の子から順に先輩の男たちの飲み会に呼ばれ、そして食われてゆくような、そんなテニサーに蔓延（はびこ）るルッキズムの空気の中で、彼女自身の価値観にもその悪しき時代の匂いが染み付いてゆきました。

キリギリスがノートを借りに来なくなったことに、アリは気付きました。キリギリスが悪い噂をよく聞くイベサーの連中とつるんでいるのを見かけるようになりました。先輩の紹介で、顔採用で有名な道玄坂の会社でインターンも始めて、社会人が焼肉を奢ってくれる謎の会なんかにもよく行くようでした。彼女の世界は、もはやスペイン語の狭い教室を飛び出していました。

アリの世界は閉じたままでした。ルッキズムも含め、女子大生を記号的に消費する世間の風潮に早くも嫌気が差していました。あるとき律法会のイケてないＯＢから

「同期の本店勤務エリートメガバンク行員呼ぶからＪＤ社会人合コンやろうよｗ」と言われ、その汚く弛みきった口角を見て、吐き気すら覚えました。

しかし賢いアリは、しょせん私文の自分には専門性で勝ち抜くだけの力はなくて、就活も社会も結局はコミュ力なのだと早々に理解していました。そして、生まれつきコネがあるわけでもない自分には、せいぜい女子大生ブランドを活かして社会人に媚を売るのが最短経路なのだろうとも理解していました。

アリはそんな社会の悪意が引いた補助線に抵抗しました。彼女は何を思ったかＴＡＣに通い始めました。専門性がなければ作ればいい。東大に落ちたときに失くしてしまった自分への期待を、彼女はあのとき以上の努力をもって取り返そうとしました。彼女は公認会計士を目指すようになりました。

深夜3時。西麻布からの帰りのタクシーで、キリギリスは考えていました。「人脈」は広がりました。時価総額カードバトルゲームができるくらい、有名経営者がＬＩＮＥの「友だち」にいました。でも彼らにとって私は私ではなく「現役慶應生」という顔のない存在なのだと、賢い彼女は気付いていました。

奥沢の駅のあたりでタクシーを降りて、コンビニでルイボスティーを買って、キリギリスはそれを飲みながら家に帰ります。背の低い街の上の広い空は既に薄明るくて、その深く透き通るような青色は、彼女を静かに責めているようでした。彼女はふと立ち止まって、これからどうしよう、と小さくつぶやきました。

嫌な時代だと思いました。世間は早々に港区で遊ぶ私たちを見て、後ろ指さして笑います。じゃあ他にどうすれば？　聡明な女性の先輩は、みんな社会で摩耗していました。接待に担ぎ出されて「こいつ顔担当なんでw」と言われたという先輩は、その場では笑っても心の中では泣いていたのだと思いました。

視野が狭かったのだと、キリギリスはあの頃を苦笑いとともに振り返ります。世界はトラディショナルな日系企業だけではないと、彼女は幸いにも3年の夏のインターンで気付くことができました。頑張ってＴＯＥＩＣの点数を上げて、社会人の先輩に面接練習を手伝ってもらって、彼女は無事Ｐ＆Ｇの内定を勝ち取りました。

つまり彼女は、港区を見事に乗りこなしたというか、踏み台にしたのです。周りから何を言われても、持てるものはすべて使う。でも自分は安売りしない。港区女子が全員不幸にならなければならない道理はないのです。みな悪意を孕んだ時代の空気の中を、酸欠で倒れそうになりながら、必死で生きたのです。

2022年。麻布十番のおでん屋さんで「異業種交流会」という名の飲み会が開かれ、未婚だか既婚だか怪しいおじさんたちの向こうには、偶然にも居合わせたアリとキリギリスが座っていました。その退屈な飲み会を一次会で抜けて、近くのワインバーでふたりは久々の再会を祝い、近況を報告しました。

アリは在学中に公認会計士試験に合格、今もEYで忙しく働いていました。キリギリスはP&Gを卒業後、女性のキャリア支援を手掛けるベンチャーでCMOをやっていました。「CFO探してるんだけど来ない?」ふたりはテタンジェを景気よく飲みながら、いつまでも楽しく語り合いましたとさ。めでたしめでたし。

港区桃太郎

昔むかし、今で言うところの西麻布におじいさんとおばあさんが住んでおりました。おじいさんは山へ「ＳＤＧｓの追い風を受けて絶対に稼げる新エネルギー・太陽光発電パネル」の営業へ、おばあさんは川へ怪しい経営者インタビューでよく見る「尊敬する人は坂本龍馬」のバイブスで日本を今一度洗濯しに行きました。

すると川（笄川です）の上流から大きな桃がドンフリオドンフリオと流れてきたのです！　おばあさんは監視カメラや車載カメラに注意を払いながらその桃を持って帰り、フルーツ盛り合わせ用に六本木７丁目あたりの高級クラブにでも売ろうかと思いましたが、警察の目を恐れて家で割って食べることにしました。

するとどうでしょう！　中から全身シュプリーム、スニーカーは手堅くルイヴィトンでまとめた黒光りする西麻布おじさんが出てきたのです。毎晩ラウンジの個室で

Vaundyを歌っている一方でパーソナルトレーニングに週4で通い、今楽しみなことはテルマー湯西麻布店の開業という、案外ヘルシーな生活に二人は驚きました。

「トンチを利かせた社名や肩肘張った社名よりシンプルなほうが今の空気感に合うだろう」とおじいさんとおばあさんはSlackのオープンチャンネル（DMは組織カルチャーの観点で禁止でした）で議論し、その子を「桃太郎」と名付けました。家には愛と心理的安全性が満ちていました。

桃太郎はSUQQU SUQQUと育ち、ジャスダック最年少上場を成し遂げるもリーマン不況で倒産というハードシングスをも乗り越え、ウォーターサーバーでもワンルームでも何でも押し込める力強い営業マシーンに育ちました。昼は商談で六本木交差点のルノアール、夜は接待で高樹町のラウンジにいました。飲み方は案外きれいでした。

「おじいさんおばあさん、これまで育ててくれてありがとう。マジ感謝ッス。僕は鬼ヶ島に鬼を倒しに行きます」。渋谷セラヴィで開催されたおじいさんの誕生日パーティで、桃太郎は大胆にもそう宣言し場を沸かせました。この演出におじいさんとおばあさんだけでなく、パーティに参加していたインフルエンサーたち（総フォロワー２００万人超え）も大感涙。粋な男に育ったものです。

何を成し遂げるにもまずは「全員が経営者目線を持った少数精鋭の仲間（生株は持たせてあげない）」が必要です。桃太郎はまず虎ノ門横丁に行くと、そこには資産運用ＥＸＰＯで会って以来の犬がいました。「ＮＦＴやるから一緒に鬼ヶ島に行こう」「スミマセン、会社が爆発して自己破産したんで出国の手続きとかめんどいッス」。

桃太郎は次に神泉のオシャレ立ち飲みビストロに行きました。そこではあらゆるものに削ったカラスミがかけられ、店員はあらゆる料理にオレンジワインとのペアリングを提案していました。「ワインの紅茶っぽいニュアンスは好きだけど、単体で飲んだほうが楽しめる気がするなぁ」。桃太郎はそうボヤいて帰りました。

桃太郎は次に外苑前の寿司屋に行きました。そこには港区女子を連れた猿がいました。「別にそういう目的じゃなくて普通に面白いンですよコイツｗ」「なんかヒップホップとかも詳しくてｗ」「あとインスタのフォロワーすごくてｗ」と小太りでメガネ姿の猿は連れのことを早口で紹介しました。色々なことを瞬時に察した桃太郎は、何も言いませんでした。

桃太郎は次に麻布十番の焼鳥屋に行きました。東カレになんて一生載らないであろうその汚くて安い店で、雉はギャラ飲みの女も呼ばず、経営者仲間とワイワイやっていました。桃太郎はポケットに入れたＮＦＴをギュッと握り締めました。その健全な眩しさが目に焼き付いて、桃太郎はその夜眠れませんでした。

孤独。桃太郎は「人財」だとか「クルー」だとか言う経営者仲間を馬鹿にしていました。おじいさんおばあさんとの関係は良好に見えて、実のところ桃太郎は二人の重たすぎる期待に、いつも押し潰されそうでした。必死で東京を駆ける桃太郎のその狂気についてこられる人はいなくて、彼はいつも孤独でした。

僕はなにか悪いことをしましたか？　どこで間違えたのですか？　いつだって人の顔色をチラチラと覗き込んで、パーティでは率先してシャンパングラスを配って、怪しい投資話にもわざと騙されてやったりして、そうしていつも馬鹿みたいにニコニコと笑って、人に愛されたいと願った結果がこれですか？

どうなんだよ。

ポケットにはＮＦＴ。おばあさんがＷｅｂ３なんてロクに理解しないままに作ったＮＦＴ。そこに当初のうつくしい哲学はなく、ただ大金が手に入ればいい、誰かの不幸を踏み台にして甘いブドウに手が届けばいいという下品さが詰まっていて、桃太郎はそれを笄川に投げ捨てました。ポチャリ。小さな水音だけが残りました。

翌朝、大勢の国税職員が桃太郎の南青山のオフィスに押しかけてきたとき、ああ、やっと終わるのだと、不思議なことに安心感が湧いてきて、桃太郎は少し泣いてしまいました。その涙の意味を理解する人は誰もいませんでした。おじいさんとおばあさんすらそうでした。彼ら二人の接見すらも、桃太郎は断りました。

鬼とは何なのでしょう？　僕にとってのそれは、もしかすると恩人であるはずのおじいさんとおばあさんが僕に向けた、断りがたい期待だったのかもしれません。「家」

というものの苦しみの本質は、逃げ場のない行き止まりに追い詰められて、そこでもなお善意を喉に突っ込まれることの、どうしようもない無力感なのかもしれません。

桃太郎が「鬼」を倒す方法は、彼をフワフワの真綿のような優しさで縛り付ける家を、家族を捨てることに他ならない――これまで気付いていながらも気付かぬフリをしていたその答えと、長い長い取り調べの黙秘の中で、彼はしずかに向き合いました。弁護士の働きで執行猶予を勝ち取った桃太郎は、誰にも行方を伝えず港区を永遠に去り、どこか遠いところでひとり静かに、貧しくとも豊かに、あまりにも幸せに暮らしましたとさ。めでたしめでたし。

大人になるということ

大人になるっていうのはデートでお台場に行かなくなること。付き合う前にわざわざ告白なんかしなくなること。あの頃の僕らはデートでお台場に行ったね。観覧車で告白して付き合ったね。あれから10年経ったね。二人とも大人のふりをして、東京で傷だらけになったね。あの日のお台場デート、まだ覚えてる？

僕ら慶應で浮いてたね。しょうもないテニサーの新歓で出会ったね。自分たちは何者でもないのに、何者かになったつもりでいる人とか、何者かになろうと藻掻く人たちのことを偉そうに馬鹿にしていたね。自分たちは特別だから、他の誰よりも成功できると根拠のない自信を持って、みんなを見下してたね。

その自信はすぐに崩れたね。ビジコンに出てもダメだし、流行りに乗ってフリーペーパーを出す話も頓挫したし、代理店や外コンのインターンも全落ちしたし、かといって「コミュ力に縋(すが)って日系大手で雑務やるなんて嫌だ」って粋がってたね。それでもいつか、自分だけのすごい才能が花開くと信じてたね。

そうして自意識の井戸の底で僕らはふたり抱き合って、気付けばお互いを意識するようになっていたね。みなとみらいの花火大会に行ったね。神南のビームスで服を買ったね。お台場に行ったね。アクアシティでたこ焼きを食べたね。観覧車に乗ったね。夜景がきれいだったね。一番上で、僕は告白したね。

就活が始まったね。二人とも無難な日系大手の内定を取ったね。お互いにそれを報告して、僕たちは三田の居酒屋のカウンターで自分を、そしてお互いを裏切ってしまったような顔をして、ぬるくなったビールを飲んだね。あの日は全然酔えなかったね。結局僕らは自分に酔ってただけなんだろうね。

僕は意識の高い会社に入ったね。デート中に「お前は結局どうしたいの？」って普通に言うようになったね。まるで自分がビジネスマンになったような顔をしていたね。でも実のところ会社での評価は低かったね。「お前は結局どうしたいの？」といつも聞かれていたね。同期はどんどん昇進して、置いていかれたね。

君は丸紅の一般職になって、そこですっかり港区女子になったね。「経営者」という単語を、まるで引き出しの中に乱雑にあふれるピアスのように軽々しく使うようになったね。記念日デートでお台場に行こうと僕が言ったら、君は鼻で笑ったね。少しして僕らは別れたね。最後は会話すらロクになかったね。

僕は君と別れて、もう自分には仕事しかないと奮起して、営業の電話をかけまくって、アポなし訪問に行きまくって、社内表彰もされて、給料も少しは上がって、でも東京で上に上がれば上がるほど、自分よりできるやつが、稼いでるやつが見えて、自分の努力と能力の不足を思い知らされて、終わりの見えないはしごレースに、心が折れそうになったね。

君は君で、若さや肩書きを切り売りしてお金持ってる人たちと西麻布や恵比寿でひとしきり遊んだね。君は彼らをルミネで買った安いアクセサリーみたいに思っていたけど、実のところアクセサリーは君のほうで、高望みがやめられないままにアラサーになって、もうその手の飲み会に呼ばれなくなったね。

君は焦ってバツイチのアラフォー経営者と結婚したね。旦那さんのインスタ見たら原色のハイブランドばかりで目がチカチカしたね。君は赤坂の品のない高級マンションで専業主婦になって、キラキラ主婦インスタグラマーを目指すようになったね。後で知ったけど、その頃からＤＶに苦しんでたんだね。辛かったね。

結局、君は離婚してまた一人になったね。久しぶりに連絡をくれたね。お互い優しい目をしていたね。明るい未来への期待を捨てて、逃げることを諦めた動物園の羊のような優しい目をしていたね。この東京で中くらいの幸せすら手にすることができないんじゃないかと僕らは予感して、優しく笑っていたね。

「今からお台場行こうよ」。酔った君がノリで言い出して、麻布十番からタクシーに乗って、本当にお台場に行ったね。知らなかったけど、観覧車は今日でなくなっちゃうんだね、乗るしかないでしょって盛り上がって、本当に乗ったね。夜景は相変わらずきれいだったね。一番上で、自然と長いキスをしたね。

そのままふたり別々にタクシーを捕まえて帰ったね。長い長い恋の終わりが、やっと終わった気がして、僕は後部座席で少しだけ泣いてしまったね。もうふたりとも子供じゃないから、モルヒネみたいな恋で人生の痛みを誤魔化すなんてことはしないよね。でも僕は、少しだけそれを期待してしまっていたんだ。

この10年、お互い辛いことばかりだったね。子供のまま大人のふりをして傷だらけになって、そのくせ最後までそれを突き通して、少なくとも僕はまた新しい傷を負った気がするね。でもこの傷は、ひとり真っ暗な白金高輪のマンションに帰ったときのこの痛みは変に清々しくて、僕はなぜか笑ってしまったんだ。

また朝が来る。お台場の観覧車はなくなって、たぶんもう君と会うこともなくなって、仕事やら何やらに追われてまた傷ついて、でも今更東京から降りるなんてプライドが許さなくて、汗が傷にしみるのも気にせず走り続けて、そうしてたまに、観覧車の中で優しく笑うあの日の君の顔を、僕は思い出すんだろう。

本書は、著者がTwitterに投稿した小説を収録したものです。
単行本化にあたり、加筆・修正を行いました。
「喉元まで出かかったその言葉は」、「トベッ！ハヤク！トベヨオッ！」、
「８８９６７人のフォロワー様へ」のみ書き下ろしです。
なお、本作品はフィクションであり、人物、事象、団体等を事実として
描写・表現したものではありません。

本当に欲しかったものは、もう　Twitter文学アンソロジー

2023年4月10日　第1刷発行

著者　麻布競馬場、霞が関バイオレット、かとうゆうか、木爾チレン、新庄耕、外山薫、豊洲銀行網走支店、pho、窓際三等兵、山下素童

発行者　樋口尚也

発行所　株式会社　集英社

〒101−8050　東京都千代田区一ツ橋2−5−10

電話　編集部　03−3230−6143

読者係　03−3230−6080

販売部　03−3230−6393（書店専用）

印刷所　大日本印刷株式会社

製本所　ナショナル製本協同組合

定価はカバーに表示してあります。

ISBN978-4-08-788089-2 C0093

この部屋から東京タワーは永遠に見えない

麻布競馬場

Twitterで凄まじい反響を呼んだ、虚無と諦念のショートストーリー集。
14万イイネに達したツイートの改題「3年4組のみんなへ」をはじめ、
書き下ろしを含む20の「Twitter文学」を収録。